KB094903

회귀자와 함께
살아가는 법

회귀자와 함께 살아가는 법 3

재미두스푼 현대 판타지 소설

초판 1쇄 찍은 날 § 2022년 2월 23일
초판 1쇄 펴낸 날 § 2022년 3월 2일

지은이 § 재미두스푼
펴낸이 § 서경석

총괄팀장 § 황창선
편집책임 § 이준영
디자인 § 스튜디오 이너스

펴낸곳 § 도서출판 청어람
등록번호 § 제387-1999-000006호
등록일자 § 1999. 5. 31
어람번호 § 제1-3175호

본사 § 경기도 부천시 부일로 483번길 40 서경B/D 3F (우) 14640
편집부 § 서울시 구로구 디지털로 272 한신IT타워 404호 (우) 08389
전화 § 02-6956-0531 팩스 § 02-6956-0532
http://www.chungeoram.com
E-mail § chungeorambook@daum.net

ISBN 979-11-04-92420-0 04810
ISBN 979-11-04-92411-8 (세트)

청람
도서출판

3

회귀자와 함께
살아가는 법

재미두스푼
현대 판타지 소설

MODERN FANTASTIC STORY

회귀자와 함께
살아가는 법

목차

Chapter. 1

'확실히 내가 유리해.'

미처 예기치 못했던 심대평과의 만남을 통해서 깨달았다.

난 심대평이 회귀자라는 사실을 알고 있는 반면, 심대평은 내가 회귀자라는 사실을 알지 못했다.

물론 의심 정도는 할 수 있다.

그러나 확신을 갖고 있는 것과 의심에서 그치는 것.

커다란 차이가 있다.

더구나 나는 이미 심대평이 회귀자로서 어떤 길을 걸어갔는 가를 알고 있다.

이건 확실히 내게 유리한 조건과 상황이었다.

심대평은 내 충고를 듣고서도 반박하지 않았다.

그 대신 죽일 듯이 날 노려보다가 홱 몸을 돌렸다.

그런 그의 등에 대고 소리쳤다.

"이거 가져가시죠."

내 손에 들려 있는 명함을 노려보던 그가 물었다.

"왜 내게 명함을 주는 거지?"

"인생 모르는 법이니까요."

"⋯⋯?"

"혹시 내 도움이 필요할 수도 있으니 그때까지 이 명함을 소중히 보관하세요."

잠시 망설이던 심대평이 이를 악문 채 내 손에 들려 있는 명함을 낚아챘다. 그리고 심대평이 떠난 순간, 난 긴장이 완전히 풀려서 긴 한숨을 내쉬었다.

"저기⋯⋯."

하지만 아직 끝이 아니었다.

송태경 작가는 여전히 내 앞에 서 있었다.

"연락처 안 주실 겁니까?"

"그 전에 하나 궁금한 게 있습니다."

"궁금한 게 뭐죠?"

"저에 대해서 아시는 게 전혀 없으시잖아요? 그런데 왜 제게 작업을 맡기시려는 거죠?"

송태경의 입장에서는 충분히 가질 수 있는 의문이었다.

그래서 내가 말했다.

"착각하셨네요."

"네?"

"작업을 의뢰하고 싶다고 했지. 작업을 의뢰하겠다고 말한 것은 아닙니다."

"······?"

"이제부터 송태경 작가님에 대해 확인해 보려고 합니다."

아까 심대평이 두고 간 '텔 미 에브리씽' 시나리오를 집어 들며 내가 덧붙였다.

"작가의 이력서는 글이니까요. 이 시나리오를 읽어 보고 송태경 작가님이 실력이 있다는 판단이 서면, 그때 작업을 의뢰하겠습니다."

거짓말이다.

난 송태경 작가에게 'IMF' 시나리오의 각색 작업을 맡기기로 이미 결심한 후였으니까.

'찾아와 줘서 고맙네.'

멀어지는 심대평의 등을 힐끗 살피며 내가 속으로 생각했다.

그럴 의도는 아니었겠지만, 심대평 덕분에 '텔 미 에브리씽'을 쓴 진짜 작가 송태경을 만날 수 있었으니까.

"무슨 말씀인지 알겠습니다. 제 연락처는 여기 있습니다."

송태경이 의심을 거두고 연락처를 건넸다.

덕분에 마음의 빚을 갚을 기회가 생긴 난 홀가분함을 느꼈
다.

*　　　　*　　　　*

"저는 저만의 방식으로 일본과 맞서 싸우겠습니다."

일전에 강대집 교수 앞에서 밝혔던 각오였다. 그리고 당시
에 내가 밝혔던 각오는 거짓이 아니었다.

난 나만의 방식으로 일본과 맞서 싸울 계획이었다.

그 각오를 실행으로 옮기기 위해서 난 손진경 대표를 만났
다.

동화백화점 근처 커피 전문점에서 손진경 대표가 도착하길
기다리고 있을 때, 내 귓가로 익숙한 음악이 들렸다.

―아, 니가 니가 도대체 뭔데. 이렇게······.

현재 대한민국을 강타하고 있는 인기 그룹 'COLD'의 노래
였다.

'김천만 대표.'

대중들은 'COLD'라는 인기 그룹에만 관심이 있었다.

그렇지만 난 'COLD'의 노래를 들은 순간, 바로 김천만을 떠
올렸다.

CM엔터테인먼트 대표 이사 김천만.

그는 'COLD'이라는 인기 그룹을 제작해서 세상에 내놓은 유능한 음반 제작자였다. 그리고 내 경쟁자이기도 하고.

그때, 손진경이 커피 전문점에 도착했다.

"한국대학교 학생이 된 기분이 어때요?"

그녀가 맞은편에 앉으며 물었다.

"특별한 감흥은 없습니다."

솔직하게 대답한 후, 내가 미리 준비해 온 서류를 건넸다.

"JK미디어에서 첫 번째로 영입할 가수입니다."

JK미디어는 나와 손진경 대표가 동업하는 사업체의 이름.

내가 건넨 가수의 프로필을 확인한 손진경 대표는 황당한 표정을 지은 채 물었다.

"진심… 인가요?"

조보안.

서진우가 JK미디어에서 처음으로 영입하겠다고 밝힌 아티스트였다. 그리고 손진경이 당황한 이유는 조보안의 나이 때문이었다.

'11살?'

11살이면 초등학교 4학년이었다.

고작 초등학교 4학년에 불과한 여자아이를 서진우가 대체 왜 JK미디어로 영입하겠다는 건지 이해가 가지 않았다.

"물론 진심입니다."

그렇지만 서진우는 확신에 찬 목소리로 대답했다.

"이 초등학생이 대체 뭘 할 수 있죠?"

"아주 많은 것을 할 수 있습니다."

"예를 들면요?"

"세상을 바꿀 수도 있죠."

"네?"

"재능이 있거든요."

"어떤 재능이 있죠? 아니, 서진우 씨는 조보안이란 초등학생이 재능이 있다는 것을 어떻게 알고 있는 거죠?"

"봤으니까요."

"뭘 봤다는 거죠?"

"이 소녀의 탁월한 끼와 재능에 관심을 갖고 있는 사람들을요."

"누가 이 소녀에게 관심이 있다는 건가요?"

"김천만 대표입니다."

손진경이 재빨리 기억을 더듬었다.

그렇지만 기억 속에 남아 있는 이름은 아니었다.

"김천만 대표는 또 누구죠?"

"지금 스피커에서 흘러나오고 있는 노래가 누구의 노래인지 아십니까?"

손진경이 그제야 커피 전문점 안에서 흘러나오고 있는 음악에 귀를 기울였다.

—그들은 날 완전히 짓밟아 버렸어. 하나 남아 있던 내 유일한 꿈마저도 앗아 가⋯⋯.

익숙한 멜로디와 가사를 듣고서 손진경이 대답했다.

"'COLD'란 그룹의 노래잖아요."

"다행히 알고 계시네요."

"그걸 모르는 게 더 이상한 것 아닌가요?"

혜성처럼 등장한 5인조 남성 그룹 'COLD'는 선풍적인 인기를 끌고 있었다.

오죽하면 대한민국에서 'COLD'를 모르면 간첩이란 이야기까지 나돌까.

해서 손진경이 덧붙이자, 서진우가 말을 이었다.

"'COLD'라는 인기 남성 그룹을 제작해서 세상에 내놓은 것이 바로 CM엔터테인먼트의 김천만 대표입니다."

"아!"

비로소 김천만이 누군지 알게 된 손진경이 두 눈을 빛내며 물었다.

"'COLD'라는 인기 남성 그룹을 제작한 김천만 대표가 조보안이란 초등학생에게 관심이 있다?"

"네."

"관심을 가진 이유는요?"

"조보안이란 소녀가 갖고 있는 잠재력을 알아봤을 겁니다."

CM엔터테인먼트 김천만 대표가 조보안이라는 어린 소녀에게 관심이 있다는 이야기를 듣고 난 후, 손진경의 생각이 바뀌기 시작했다.

"아까 이 소녀의 탁월한 끼와 재능에 관심을 갖고 있는 사람들이 있다고 말했었죠? 그럼, 김천만 대표를 제외하고 또 누가 조보안이란 소녀에게 관심을 가진 거죠?"

손진경이 던진 질문에 서진우가 대답했다.

"영화 제작사 유니버스 필름의 이현주 대표입니다."

난 손진경 대표에게 거짓말을 했다.

CM엔터테인먼트 김천만 대표는 조보안에게 관심이 없으니까.

물론 아주 거짓말은 아니다.

앞으로 조금만 더 시간이 흐르고 나면 김천만 대표는 조보안이라는 원석을 CM엔터테인먼트로 영입한다.

그런 김천만 대표의 안목은 정확했다.

조보안은 훗날 '아시아의 별'이라는 찬사를 받으며 한류 스타로 자리매김하니까.

'그게 언제였더라?'

내 기억이 틀리지 않다면, 김천만 대표가 조보안의 잠재력을 알아보고 CM엔터테인먼트로 영입한 시기는 그녀가 초등학교 5학년 때였다.

어쨌든 CM엔터테인먼트 김천만 대표가 현재의 조보안에게 관심이 있다는 이야기는 거짓말이었지만, 유니버스 필름 이현주 대표가 조보안에게 관심이 있다는 이야기는 사실이었다.

이현주 대표가 조보안을 만난 것은 아역 배우 오디션장.

'텔 미 에브리씽'에서 신은하의 어린 시절을 연기할 아역 배우를 모집하는 오디션에 조보안도 참가했다고 했다.

100 대 1이 넘는 경쟁률을 기록했을 정도로 성황을 이뤘던 아역 배우 오디션에 참가했던 조보안은 최종 후보 3인까지 올랐다.

그렇지만 아쉽게도 오디션에 뽑히지는 못했다.

"효민이가 아역 배우 오디션에서 우승을 차지하긴 했지만, 가장 기억에 남는 지원자는 조보안이란 초등학생이었어. 압도적이라고 표현해도 좋을 정도로 연기를 잘했거든. 춤과 노래 실력도 수준급이었고. 그렇지만 가장 인상적이었던 것은 열정이었어. 무슨 일이 있어도 난 이 배역을 꼭 따내겠다. 그리고 무슨 일이 있어도 스타가 되겠다. 그 아이의 눈빛에서 이런 열정이 느껴졌었거든. 유일하게 아쉬웠던 것은 마스크였어. 아, 못생겼다거나 매력이 없다는 뜻은 아냐. 다만 너무 성숙했어. 11살이라는 게 믿기지 않을 정도로 성숙해서 우리 배역에 안 맞는다고 판단했어. 그래서 아쉬움을 머금고 조보안이 아니라 효민이를 캐스팅하기로 최종 결정했었지."

술자리에서 이현주 대표는 조보안을 언급했던 적이 있었다.
그 이야기를 듣고서 난 조보안을 선점하기로 결심했다.
무려 '아시아의 별'을 눈앞에서 놓치는 것.
너무 아쉬운 일이 아닌가.

＊　　　　　＊　　　　　＊

끼이익.

신호등이 적신호로 바뀐 것을 확인한 조길성이 브레이크를
밟아 트럭을 멈췄다.

그런 그가 룸 미러에 매달린 채 흔들리고 있는, 딸아이가
환하게 웃고 있는 사진을 바라보았다.

눈에 넣어도 아프지 않을 귀하고 예쁜 딸.

딸아이는 춤을 추며 노래 부르는 것을 좋아했다. 그리고 딸
아이에게는 춤과 노래에 대한 재능이 있었다.

"아빠, 난 꼭 스타가 될 거야."

보석같이 반짝이는 새까만 두 눈을 빛내며 꼭 스타가 되겠
다는 각오를 밝히는 딸아이에게 조길성은 늘 미안한 마음이
었다.

자신에게 능력이 조금만 더 있었다면, 딸아이의 재능을 뒷받침해 주었을 텐데.

　경제적으로 능력이 부족해서 그렇게 해 주지 못하는 것이 항상 미안했다.

　빵, 빠앙.

　적신호가 청신호로 바뀌었음에도 트럭이 출발하지 않자, 뒤차들이 경적을 요란하게 울렸다.

　그제야 딸아이의 사진에서 시선을 뗀 조길성이 액셀러레이터를 밟아 트럭을 출발시켰다.

　약 20여 분 후, 조길성은 근처에 주차를 마치고 집으로 들어섰다.

　"아빠."

　언제나처럼 반겨 주는 딸아이.

　그런 딸아이의 입가에 떠올라 있는 미소가 오늘따라 더 환하다는 사실을 놓치지 않은 조길성이 물었다.

　"우리 딸, 무슨 좋은 일이라도 있어?"

　"좋은 일, 있지."

　"무슨 일인데?"

　"아빠가 한번 맞혀 봐."

　"음, 우리 딸에게 생긴 좋은 일이 뭘까? 혹시 시험 백 점 받았어?"

　"땡, 틀렸습니다. 아빠 딸 공부랑은 담 쌓은 것 알잖아?"

"혹시나 했지. 보자. 그럼 우리 딸에게 생긴 좋은 일이 뭘까? 설마… 남자 친구 생긴 건 아니지?"

조길성이 묻자, 딸아이는 손사래를 치며 대답했다.

"그런 것 아니거든요."

"그럼 우리 딸에게 생긴 좋은 일이 대체 뭘까?"

"안 되겠다. 이대로 내버려 두면 아빠가 절대 못 맞출 것 같으니까 내가 알려 줄게. 나 1등 했어."

"반에서 1등을 했다고?"

"에이, 아빠 딸 공부랑은 담 쌓았다니까. 춤추고 노래 부르는 대회에서 1등 했어."

"정말? 무슨 대회인데?"

"미래 스타 발굴 프로젝트라는 대회에 출전해서 1등 했어. 잠깐만 기다려 봐. 내가 상패 보여 줄게."

쪼르르 방으로 달려갔던 딸아이가 곧 상패를 들고 돌아왔다.

-미래 스타 발굴 프로젝트, 대상 조보안.

딸아이의 이름이 또렷하게 적혀 있는 상패를 조길성이 먹먹한 표정으로 바라보고 있을 때, 딸아이가 상기된 목소리로 말했다.

"놀라지 마. 상금도 있어."

"상금도 있다고?"

"응, 무려 오백만 원이야."

"오백만 원?"

예상보다 큰 상금 액수에 조길성이 깜짝 놀랐을 때였다.

"그리고 계약도 진행할 거래."

"우리 딸이 계약을 한다고?"

"응. 계약하고 난 후에 최대한 빨리 데뷔시켜 줄 거래."

조길성의 눈시울이 뜨거워졌다.

제대로 뒷바라지를 해 주지 못해서 항상 미안했는데.

딸아이는 포기하지 않고 혼자서 그 재능을 발전시켜 기어이 소속사와 계약까지 앞두고 있었다.

"아빠, 울어?"

"응? 아냐."

"나 잘할게. 진짜 열심히 할게. 그래서 꼭 아빠 호강시켜 줄게."

"녀석, 말이라도 고맙다."

"진짜야. 내가 진짜 아빠 호강시켜 줄 거야."

조길성이 뺨을 타고 흘러내리기 시작한 눈물을 들키지 않기 위해서 딸아이를 품에 꽉 끌어안았다.

* * *

'텔 미 에브리씽'의 시사회가 열리는 장소는 한국 극장이었다.

일찌감치 도착해서 분주하게 시사회 준비를 하고 있는 이현주 대표의 앞으로 내가 다가갔다.

"이 대표님."

"오올, 못 알아보겠는데."

검정색 정장을 입고 등장한 날 발견한 이현주 대표가 두 눈을 크게 떴다.

"제가 도울 일은 없습니까?"

"서 대표가 할 일은 따로 없어. 그냥 이 순간을 즐겨."

"말씀만이라도 감사합니다."

"커피 한잔할까?"

"시간 괜찮으십니까?"

"웅. 내가 할 일은 거의 마무리됐어. 이젠 기도하는 일만 남았지."

"기도… 요?"

"내가 재밌다고 느낀 작품을 다른 사람들도 재밌다고 느끼길 바라야지."

'영화 제작자의 숙명.'

이현주 대표가 꺼낸 말을 들은 순간, 내가 퍼뜩 떠올린 생각이었다.

'이 영화는 분명히 터진다.'

모든 영화 제작자들은 이런 확신을 갖고 영화를 제작하기 시작한다.

그렇지만 모든 작품이 흥행에 성공하진 않는다.

매우 극소수의 작품만이 흥행에 성공한다.

그 사실을 알기에 영화 제작자들은 작품의 개봉을 앞두고 항상 긴장하고 초조해할 수밖에 없다.

예전의 나 역시 마찬가지였고.

"그런데… 서 대표는 별로 긴장한 기색이 아닌데?"

"저도 긴장하고 있습니다."

"아닌 것 같은데?"

이현주 대표의 눈썰미는 역시 날카롭다.

'텔 미 에브리씽'이 개봉을 앞두고 있지만 난 이현주 대표만큼 긴장하지 않았다.

'텔 미 에브리씽'이 개봉한 후 흥행에 성공한다는 사실을 이미 알고 있기 때문이다.

"커피는 제가 사겠습니다."

이현주 대표의 의심을 사지 않기 위해서 서둘러 움직였다.

대한 극장 맞은편에 위치한 커피 전문점에서 난 이현주 대표와 마주앉았다.

시사회 시작 시간이 다가올수록 더 초조해져서일까.

이현주 대표는 입을 꾹 다물고 있었다.

"이 대표님, 지난번에 아역 배우 오디션에 대해 언급하셨던 것, 기억하십니까?"

내가 침묵을 깨트리자, 이현주 대표가 의아한 시선을 던졌다.

"기억 나. 그런데 갑자기 그 얘긴 왜 하는 거야?"

"당시에 언급하셨던 조보안이라는 지원자에게 관심이 생겨서요."

"관심이 생겼다니? 혹시 차기작에 조보안을 캐스팅할라고?"

차기작으로 준비하고 있는 'IMF'라는 작품에도 아역 배우가 필요했다.

그 사실을 잘 알고 있는 이현주 대표가 질문한 순간, 난 고개를 흔들었다.

"그건 아닙니다."

조보안은 연기에 대한 재능도 무척 뛰어난 편이라고 이현주 대표는 확신에 찬 목소리로 말했었다. 그러니 'IMF'라는 작품에 캐스팅해서 아역 배우 역할을 맡긴다면 무척 잘 해내리라.

하지만 난 조보안이 연기를 하는 것을 재능 낭비라고 생각했다.

머잖아 '아시아의 별'이 될 그녀였기 때문이었다.

"그럼 왜 서 대표가 조보안에게 관심을 가지는 거야?"

"음반 제작을 하고 싶어서요."

"음반 제작을 한다고? 누가? 서 대표가?"

"네."

순순히 대답한 순간, 이현주 대표는 황당한 표정을 지은 채 물었다.

"서 대표는 슈퍼맨이야? 도대체 한꺼번에 몇 가지 일을 하는 거야?"

"제가 멀티 능력이 특출난 편입니다."

"개강했는데 공부는 안 해?"

"공부할 시간이 없습니다."

"그게 작년 유일한 수능 만점자 입에서 나올 말이야?"

고개를 절레절레 흔들고 있는 이현주 대표에게 물었다.

"혹시 조보안의 연락처는 알고 계십니까?"

"응, 알고 있어. 조보안이 오디션에게 연기하는 모습이 워낙 인상적이어서 내가 따로 적어 뒀거든."

"잘 하셨네요."

다행히 이현주 대표는 조보안의 연락처를 알고 있었다.

"그럼 부탁 하나만 드리겠습니다."

"무슨 부탁인데? 미리 말해 두지만, 나 음악 쪽은 젬병이야."

"압니다."

"안다고? 그 얘길 들으니까 이상하게 기분이 나쁘네. 어쨌든 말해 봐. 서 대표가 부탁하려는 게 뭔데?"

"제가 조보안을 만날 때, 이 대표님이 동행해 주셨으면 합니다."

"나더러 동행해 달라?"

"네."

"그런 부탁을 하는 이유는 뭔데?"

"겁먹을까 봐요."

조보안은 아직 초등학생.

생판 모르는 성인 남자인 내가 불쑥 찾아가면 겁을 집어먹을 확률이 높았다.

그렇지만 동성인 이현주 대표가 함께라면 상황이 달라질 수 있다.

게다가 조보안은 오디션에 참가했기에 이현주 대표가 '텔미 에브리씽'이란 영화의 제작자라는 사실을 알고 있다.

당연히 경계심이 사라질 터,

이것이 이현주 대표에게 조보안을 만날 때 동행해 달라고 부탁한 이유다.

"하긴 서 대표 인상이 좀 사납긴 하지."

'역시 뒤끝 있어.'

내가 쓴웃음을 머금었다.

아까 음악 쪽은 문외한이라고 했을 때 내가 인정한 것을 이현주 대표는 잊지 않고 기억하고 있다가 반격을 가한 것이었다.

"뭐, 어려운 부탁은 아니니까 들어줄게."

"감사합니다."

"자, 이제 슬슬 가 볼까?"

손목시계를 확인한 이현주 대표가 '텔 미 에브리씽'의 시사회가 열릴 대한 극장으로 돌아가자고 말했다.

"그러시죠."

군말 없이 일어났을 때, 이현주 대표가 퍼뜩 떠오른 듯 물었다.

"참, 서 대표 부모님도 초대했지?"

"네, 초대했습니다."

"뭐라고 하셔?"

"좋아하십니다."

내 대답을 들은 이현주 대표가 어깨를 툭 치며 덧붙였다.

"서 대표, 이번에 큰 효도 했네."

*   *   *

"그 양복은 벗고 이걸로 입어요."

경조사 전용 양복을 꺼내 입었던 서태호를 못마땅하게 바라보던 한숙자가 옷장에서 새 양복을 꺼냈다.

"새 양복이야?"

"맞아요."

"그건 또 언제 산 거야? 어차피 양복 입을 일도 거의 없는데 왜 쓸데없는 데 아까운 돈을 쓴 거야?"

"잔소리는 진우한테 하세요."

"응?"

"진우가 준 돈으로 산 양복이니까."

"무슨 뜻이야?"

"아버지가 낡고 유행 지난 양복 입고 시사회에 참석하는 것 보고 싶지 않다면서 내게 양복값을 주며 새 양복 한 벌 사라고 부탁했어요."

"진우가… 그랬어?"

"당신은 좋겠네요. 이렇게 다정한 아들을 둬서."

"내 아들이야? 우리 아들이지."

서태호가 군말 없이 새 양복으로 갈아입었다.

아들의 성의와 배려를 무시할 수는 없어서였다.

"어때? 괜찮아?"

"한결 낫네요."

서태호의 질문에 대답하던 한숙자의 표정은 딱딱하게 굳어 있었다.

"긴장돼?"

그 굳어진 표정을 확인한 서태호가 질문하자, 한숙자가 고개를 흔들었다.

"별로 긴장 안 했어요."

"그런데 표정이 왜 그래?"

"좀… 이상해서요."

"갑자기 뭐가 이상하단 거야?"

"우리 진우요."

한숙자가 심각한 표정으로 대답한 후, 덧붙였다.

"진우가 수능 만점 받아서 한국대 법학과에 입학했을 때만 해도 그러려니 했어요. 날 닮아서 머리는 원래 좋았으니까 늦게나마 마음잡고 공부해서 한국대 법학과에 입학한 것이 장하고 기특했어요. 그런데 요즘은 좀 이상하단 생각이 들어요. 그 어렵다는 영화 제작을 뚝딱 해낸 것도 그렇고. 당신도 봤잖아요? 우리 진우가 만나는 사람들. 백화점 사장에 유명 배우들, 그리고 연예 기획사 사장도 있어요. 그런 사람들과 어울리는 진우 모습을 보니까……."

"보니까 뭐?"

"진짜 내 아들이 맞나? 이런 생각이 들 정도예요."

'둔하긴.'

한숙자의 이야기를 모두 들은 서태호가 속으로 생각했다.

따지고 보면 고등학교 2학년 때까지 반에서도 성적이 하위권이었던 진우가 고3이 된 후 수능 만점을 받아 한국대 법학과에 진학한 것부터 이상했다.

아니, 고2 겨울 방학이 끝나갈 무렵 뜬금없이 한국대 법학과에 진학하겠다는 포부를 밝혔을 때부터, 서태호는 그동안 알던 진우와는 많이 다르다는 의심을 품었었다.

그 의심을 한숙자는 이제야 품은 것이었고.

서태호 역시 그 부분에 대해서 고민을 많이 했다. 그리고 호기심을 참지 못하고 함께 소주를 마시던 도중에 진우에게 질문했던 적이 있었다.

"저는 아버지의 아들입니다. 그 사실은 절대 변하지 않죠."

갑자기 너무 많이 변해서 과연 내 아들이 맞나 하는 생각까지 들 정도라고 말했을 때, 진우에게서 돌아온 대답이었다.

'우문현답.'

진우의 대답을 들은 서태호가 떠올렸던 생각이었다.

변했든, 변하지 않았든 진우는 자신의 아들이었다.

그리고 만약 진우가 변하지 않았다면 오히려 실망했을 것이 아닌가.

지금은 진우가 너무 늦지 않게 변한 것을 다행이라 여기는 게 맞았다.

또, 자신이 갖고 있는 능력과 잠재력을 맘껏 펼치기 시작한 진우를 믿고 응원해 주는 편이 맞았다.

이것이 당시 서태호가 내렸던 결론.

그 생각은 지금도 변하지 않았다.

"앞으로 더 놀랄 일이 많을 거야."

"네?"

"우리 진우, 무척 특별하거든."

더욱 긴장하는 한숙자에게 서태호가 당부했다.

"겁먹을 것 없어. 특별한 진우도 우리 아들이니까. 지금 우리가 할 일은 두 가지야."

"우리가 할 일이 뭔데요?"

"진우를 믿고 응원해 주는 것. 그리고 진우에게 짐이 되지 않도록 최선을 다해서 우리의 삶을 사는 것."

서태호가 고민 끝에 찾은 답을 알려 주자, 한숙자가 고개를 끄덕이며 말했다.

"아까 내가 한 말이 틀렸네요."

"응?"

"진우는 좋겠어요. 당신처럼 좋은 아버지를 뒀으니까."

넥타이를 고쳐 매 준 한숙자가 한결 홀가분해진 표정으로 덧붙였다.

"빨리 가요. 우리 진우가 기다리고 있을 테니까요."

＊　　　　　＊　　　　　＊

"현주 씨, 축하해."

"이 대표, 이번에 한 번 더 흥행작 배출해야지."

"오 감독이 복귀한 것, 내가 다 기쁘다."

"벌써 재밌다는 소문이 자자해."

'텔 미 에브리씽'의 시사회장으로 찾아온 손님들.

대부분 유니버스 필름 이현주 대표의 손님이었다.

그래서 내가 할 일은 가족들과 블루윈드 소속 연예인들을 상대하는 것으로 줄어들었다.

꿰다 놓은 보릿자루처럼 이현주 대표의 옆에 우두커니 서 있었지만, 어색하거나 불편하지는 않았다.

이런 상황을 이미 예측했기 때문이었다.

그렇지만 신은하는 달랐다.

이런 내가 안쓰럽게 느껴졌는지 슬며시 내 곁으로 다가왔다.

"진우야, 심심해?"

"전혀 안 심심합니다."

"심심해 보이는데?"

"아니라니까요. 마침 제 손님도 왔네요."

아버지와 엄마, 그리고 누나가 시사회장으로 찾아온 것을 확인한 내가 반색했다.

부담스러운 신은하를 떼어 낼 수 있는 기회가 찾아왔기 때문이었다.

하지만 신은하는 끈질기고 집요한 면이 있었다.

"누구야?"

"부모님과 누나입니다."

"어머, 진우 부모님이라면 내가 당연히 인사를 드려야지."

내가 말리기도 전에 신은하는 부모님에게 쪼르르 달려가서 인사를 건넸다.

"아버님, 어머님, 안녕하세요?"

톱스타인 신은하가 먼저 찾아와서 인사를 건네자, 부모님은 당황한 기색이 역력했다.

'언제 봤다고 아버님, 어머님이라고 살갑게 구는 거야?'

내가 못마땅한 기색을 드러냈지만, 신은하는 아랑곳하지 않고 부모님과 대화를 이어 나갔다.

"진우 친구, 신은하라고 합니다."

"신은하 씨가 우리 진우와 친구라고요?"

"네, 진우가 마음에 들어서 친구 하기로 했어요."

"그럼 혹시… 여자 친구?"

"아직은 그냥 친구이지만… 여자 친구로 발전할 여지도 충분하죠."

더 내버려 두면 안 되겠다는 생각이 든 내가 서둘러 끼어들었다.

"그럴 가능성은 전혀 없습니다. 그러니까 신경 쓰실 필요 없습니다."

내가 딱 잘라 말하자, 신은하가 서운한 표정을 지었다.

그렇지만 난 무시하고 부모님께 말했다.

"오시느라 고생하셨습니다. 안으로 들어가시……"

미리 마련해 둔 좌석으로 부모님을 안내하기 위해서 서두르던 내가 도중에 입을 다물었다.

시사회에 참석한 한 여자가 내 시야에 들어왔기 때문이었다.

'성… 민아?'

그녀의 이름은 성민아.

눈이 부실 정도로 환하게 웃고 있는 성민아는… 내 첫사랑이었다.

한영대 연극 영화과 3학년.

성민아에 대한 정보를 내가 머릿속에 떠올렸다.

상춘대학교 신입생 시절, 그녀를 처음 만났었다.

지방에 위치한 상춘대 학생인 내가 서울의 명문대 중 하나인 한영대 연극 영화과 3학년인 성민아를 만나게 된 건 '무비 스토커'라는 대학 연합 동아리에 가입했기 때문이었다.

'영화 제작자가 되고 싶다.'

상춘대학교 신입생 시절이었던 나는 영화에 미쳐 있었다. 그래서 '무비 스토커'라는 대학 연합 동아리에 가입했고, 분기별로 열렸던 연합 MT에서 처음 성민아를 만났던 것이었다.

'후광이 비쳤었지.'

긴 생머리를 귀 뒤로 넘기며 환하게 웃는 성민아의 모습을 처음 봤을 때, 말 그대로 후광이 비치는 느낌을 받았었다.

그리고 그건 오늘도 마찬가지였다.

해서 내가 성민아에게서 시선을 떼지 못하고 있을 때였다.

"왜 그래? 아는 사람이라도 있어?"

신은하가 내게 넌지시 물었다.

내 시선이 성민아에게 고정되어 있다는 사실을 뒤늦게 알아챈 신은하가 슬쩍 미간을 찌푸렸다.

"서진우, 나 신은하다."

"……?"

"대한민국 남자들의 우상인 신은하라고. 그런데 나한텐 눈길도 제대로 안 주더니, 저 여자를 넋을 잃고 바라보는 건 좀 아니라고 생각하지 않아?"

신은하 입장에서는 당최 이해가 가지 않는 상황일 터였다.

그렇지만 어쩌랴.

성민아는 내 첫사랑인 데다가 후광까지 비치는 상황인 반면, 신은하는 회귀자라서 경계심만 드는 판국인데.

"이해가 안 가시죠?"

"그래."

"원래 세상에는 가끔씩 이해가 안 가는 일도 발생하는 법입니다."

신은하에게 말한 후, 난 부모님과 누나를 에스코트했다.

"가시죠. 제가 좌석 안내해 드리겠습니다."

"응? 그, 그래."

이현주 대표는 특별히 배우들과 함께 영화를 관람할 수 있는 좌석을 배정해 주었다.

비록 나이는 어리지만 난 엄연히 '텔 미 에브리씽'의 공동 제작자.

한진규를 비롯한 배우들이 날 발견하고 자리에서 일어섰다.

"서 대표, 축하해."

한진규가 대표로 인사를 건넸다.

"고생 많으셨습니다, 선배님. 덕분에 좋은 영화가 만들어졌습니다."

한진규와 인사를 나눈 후, 난 부모님과 누나에게 자리를 안내했다.

"여기서 관람하시면 됩니다."

"진우야, 진짜 여기서 보는 거야?"

한진규를 비롯한 배우들의 옆 좌석임을 알게 된 누나가 놀란 표정으로 물었다.

"응, 여기가 맞아. 이현주 대표님이 특별히 신경 써 주셨어."

내가 대답하자, 아버지가 말씀하셨다.

"이현주 대표님에게 감사하다고 인사 전해라."

"네. 전 아직 손님맞이가 안 끝나서 다시 나가 봐야 할 것 같습니다."

"그래. 천천히 일 보거라."

양해를 구한 내가 다시 극장 밖으로 나왔다.

그런 내 눈에 신은하와 대화를 나누고 있는 성민아의 모습이 보였다.

'왜?'

성민아와 대화를 나누고 있는 신은하를 발견한 순간, 불안감이 엄습했다. 그래서 서둘러 다가갔을 때, 오승완 감독이 나타났다.

"서 대표."

"네, 감독님."

"내 손님이 서 대표와 인사하고 싶다고 하네."

"감독님 손님요? 누구……?"

"민아야, 이리 와 봐."

오승완 감독이 손짓해 부른 사람은 바로 성민아였다.

'두 사람이 아는 사이다? 어떻게 아는 사이지?'

순간 의문이 깃들었다.

그러나 그 의문은 금세 사라졌다.

쿵쾅, 쿵쾅.

첫사랑 성민아가 환한 미소를 지은 채 가까이 다가왔기 때문이었다.

"내가 '무비 스토커'란 대학 연합 동아리 모임에 특강을 나갔던 적이 있어. 그때 인연이 닿은 성민아라는 대학생이야. 서 대표에 대해서 이야기를 했더니, 꼭 한번 만나서 인사를 하고 싶다고 하더라고."

"무슨 말씀 하셨습니까?"

"응?"

"이상한 말씀 하신 건 아니시죠?"

오승완 감독이 성민아에게 나에 대해 이상한 얘기를 했을까 걱정이 됐다.

그래서 질문했지만, 대답은 성민아가 했다.

"이상한 말씀은 안 했어요. 진짜 천재라고 말씀하셨어요."

성민아가 보석처럼 빛나는 까만 눈동자로 날 응시하고 있었다.

"천재는 아닙니다."

"오승완 감독님은 서진우 씨를 보고 자괴감을 느꼈을 정도라고 말씀하시던데요."

"과장하신 겁니다."

"그건 제가 판단할게요."

"네?"

"'텔 미 에브리씽'이란 작품을 보고 나면, 서진우 씨가 진짜 천재인가를 알 수 있겠죠."

'변했다.'

성민아와 대화를 나누던 도중에 떠올린 생각이었다.

지난 생의 내가 첫사랑 성민아와 처음 만난 장소.

대학 연합 동아리 '무비 스토커'의 MT 때였다.

그런데 이번에는 '텔 미 에브리씽'의 시사회장에서 처음 그녀를 만났다.

그리고 변한 건 그게 다가 아니었다.

'지난 생에 나눴던 대화보다 오늘 성민아를 만나서 나눈 대

화가 더 많네.'

내가 쓴웃음을 머금었다.

성민아가 내 첫사랑이었지만, 어디까지나 짝사랑이었다.

나보다 두 살 연상인 데다가 눈부신 미모, 그리고 명문대인 한영대 재학생이라는 점까지.

지난 생의 난 자존감이 낮았다.

게다가 성민아의 주변에는 꿀을 찾는 벌처럼 항상 그녀에게 잘 보이고 싶어서 안달하는 남자들이 착 달라붙어 있었다.

그래서 성민아에게 감히 대시하지 못했다.

아니, 대시할 생각도 못 했다.

"저는… 그러니까, 저는… 상춘대학교에 재학 중인 영화를 좋아하는 신입생 서진우입니다. 만나서 영광입니다."

"반가워."

말을 더듬거리면서 나누었던 이 짧막한 대화가 지난 생의 성민아와 내가 나눈 대화의 전부였다.

'내 이름도 기억 못 할 거야.'

아마 성민아는 지난 생의 내 이름도 기억하지 못할 확률이 높았다.

그렇지만 이번에는 내 이름이 그녀의 기억 속에 확실히 각인되어 있다는 것도 달라진 점이었다,

"나중에 알려 주십시오."

"네?"

"시사회가 끝나고 난 후에 저에 대해 어떤 판단을 내릴지 궁금해서요. 알려 주실 수 있으실까요?"

내 첫사랑이 짝사랑으로 허무하게 끝나 버린 것.

호스피스 병동에서 무척 후회했던 것 중 하나였다.

그래서 이번에는 용기를 냈다.

"좋아요."

"연락처 좀 알려 주시죠."

내가 벽돌 폰을 꺼내며 부탁했다.

"제 번호는 011……."

성민아가 알려 준 연락처를 꾹꾹 누른 내가 통화 버튼을 눌렀다.

—아, 니가 니가 도대체 뭔데…….

그녀의 벽돌 폰이 울린 순간, 내가 말했다.

"이게 제 번호입니다. 꼭 연락 주십시오."

*   *   *

"서 대표, 터졌다."

수화기 너머에서 들려오는 상기된 이현주 대표의 목소리.

내 잠을 깨우기에는 충분했다.

'시사회 반응이 좋았으니까.'

이미 제작 시사회에서도 반응이 좋았다. 그리고 대한 극장에서 열렸던 VIP 시사회에서도 '텔 미 에브리씽'에는 호평이 쏟아졌었다.

'이건 흥행한다.'

오승완 감독은 내 기대에 부응했다.

천재 감독답게 이번 작품에서 훌륭한 미장센과 연출력을 뽐냈다.

거기에다가 최윤석을 대신해 남자 주인공을 맡은 한진규는 최고의 열연을 펼쳤다.

물론 내 기억 속 최윤석의 연기도 좋았지만, 난 한진규가 '텔 미 에브리씽'의 남자 주인공 배역에 더 어울린다고 판단했었다.

그래서 한진규를 남자 주인공 배역에 캐스팅했는데……

신의 한 수였다.

"내가 분명히 잘될 거라고 했지? 진짜 제대로 터졌어."

"잘됐네요."

"잘됐다고? 서 대표도 '텔 미 에브리씽' 공동 제작자로서 절반의 지분을 가지고 있어. 그런데 계속 남의 일처럼 말할 거야?"

"저도 기쁩니다."

"진짜 기쁜 것 맞아?"

물론 나도 기쁘다.

다만 '텔 미 에브리씽'의 흥행 여부에 대해서 확신을 가지지 못하고 마음을 졸였던 이현주 대표와 달리 난 회귀자라서 작품이 흥행할 것을 이미 알고 있었기에 기쁜 감정이 조금 덜할 뿐이다.

"잠이 덜 깨서요."

오전 6시 15분.

탁자 위에 올려져 있는 시계를 확인하며 대답했다.

그제야 자신의 실수를 깨달은 이현주 대표가 사과했다.

"아, 서 대표는 자고 있었겠구나."

"네."

"미안. 너무 기쁜 나머지 그 생각을 못 했네. 나중에 다시 전화할게."

"아니요. 잠 다 깼습니다. 그냥 마저 통화하시죠."

"그럼 그럴까? 놀라지 말고 들어. 벌써 관객 수 백만 돌파했다."

2020년에는 거의 실시간으로 관객 수가 집계됐다.

그렇지만 1996년에는 달랐다.

전산 시스템이 완벽하게 갖춰지지 않아서 관객 수를 집계하는 데 꽤 시간이 걸렸다.

'관객 수가 백만 돌파했다는 소식이 어제 들어왔으니까…
지금쯤이면 대충 120만 명을 돌파했겠네.'

머릿속으로 계산을 마쳤을 때, 이현주 대표가 말을 이었다.

"그리고 기쁜 소식이 하나 더 있어."

"또 무슨 소식인가요?"

"조보안과의 약속이 잡혔어."

"정말입니까?"

벽돌 폰을 쥔 손에 힘을 더하던 내 목소리 톤이 살짝 올라
갔다.

'아시아의 별'을 JK미디어로 영입할 수 있는 절호의 기회가
다가왔기 때문에 살짝 흥분한 것이었다.

"서 대표, 나 진짜 많이 서운하다."

"왜 서운하신 겁니까?"

"'텔 미 에브리씽'이 100만 관객 돌파한 것보다 조보안과 만
날 약속이 잡혔다는 소식을 듣고서 더 기뻐하니까."

"둘 다 똑같이 좋습니다."

"아닌 것 같은데?"

"정말입니다."

"좋아. 이번 한 번만 그냥 넘어갈게. 그런데 문제는 조보안
이 초등학생이라서 오후밖에 시간이 안 돼. 그래서 오후 세
시경에 만나기로 했는데 괜찮아?"

"괜찮습니다."

"강의, 없어?"

강의는… 물론 있었다.

그렇지만 강의에 출석하는 것보다 조보안을 만나는 것이 훨씬 중요했다.

"째면 됩니다."

"헐, 진짜 수능 만점 맞아?"

황당한 목소리로 묻던 이현주 대표가 덧붙였다.

"어쨌든 상관없단 뜻이지. 그럼 이따 세 시에 당수 초등학교 정문 앞에서 만나."

*   *   *

당수 초등학교 정문 앞.

하교 시간을 알리는 벨이 울리고 난 후 얼마 지나지 않아 초등학생들이 우르르 쏟아져 나왔다.

"저기 나오네."

정문 앞에 서 있던 내게 이현주 대표가 조보안이 나온다는 사실을 알려 주었다.

"청바지에 빨강색 티셔츠 입고 양 갈래로 머리를 땋은 게 조보안이야."

이현주 대표는 조보안의 의상과 헤어스타일에 대해서 친절하게 설명해 주었다.

하지만 그럴 필요 없었다.

난 이미 조보안의 얼굴을 알고 있었기 때문이었다.

'예쁘다. 그런데 진짜 초등학교 4학년이 맞아?'

초등학교 4학년이라는 게 믿기지 않을 정도로 조보안은 키도 크고 성숙한 느낌이었다.

너무 성숙한 마스크 탓에 아역 배우 오디션에서 아쉽게 탈락했다는 이현주 대표의 말이 이해가 갔다.

'중학생이라고 해도 믿겠네.'

내가 속으로 생각하고 있을 때, 조보안이 이현주 대표의 앞으로 다가와서 꾸벅 인사했다.

"안녕하세요, 대표님."

"그래, 보안이도 잘 지냈지?"

"네."

"여전히 씩씩해서 좋네. 뭐 먹으면서 얘기할까? 보자, 어디가 좋을까?"

이현주 대표가 고민하고 있을 때, 조보안이 말했다.

"햄버거 먹고 싶어요."

"그럼 햄버거 먹으러 가자. 서 대표가 쏠 거지?"

"당연히 제가 쏴야죠."

무려 '아시아의 별'을 선점할 기회를 얻었는데 그깟 햄버거가 대수일까.

배가 터질 때까지 사 줄 수 있었다.

잠시 후, 나는 프랜차이즈 햄버거 가게에서 조보안과 마주 앉았다.

'잘 먹네.'

금세 햄버거 하나를 먹어 치우고 감자튀김을 주워 먹고 있는 조보안을 바라보며 흐뭇한 웃음을 짓고 있을 때였다.

"오디션에 탈락해서 속상하지 않았어?"

이현주 대표가 조보안에게 물었다.

"한동안 속상했었는데… 지금은 괜찮아요. 다른 오디션에 합격했거든요."

"다른 영화 오디션을 또 봤던 거야?"

"아니요. 가수 오디션을 봐서 합격했어요."

"그렇구나."

"계약도 하고 머잖아 데뷔도 할 수 있을 것 같아요."

"참 잘됐네."

이현주 대표는 잘됐다고 말했다.

그렇지만 난 똑같이 반응할 수 없었다.

'왜 벌써 움직인 거지?'

CM엔터테인먼트 김천만 대표는 조보안의 재능과 잠재력을 일찌감치 알아보고 그녀와 계약을 맺었다.

그건 내가 익히 알고 있는 사건이었다.

그럼에도 불구하고 내가 당황한 이유.

시기가 너무 빨랐기 때문이었다.

'내 기억이 틀리지 않다면 초등학교 5학년 때였어.'

조보안이 CM엔터테인먼트 김천만 대표와 계약을 맺은 시기는 그녀가 초등학교 5학년 때였다.

이건 분명히 기억하고 있던 팩트.

그런데 조보안은 이미 계약을 앞두고 있다고 말했다.

"아까 오디션에서 합격해서 계약을 앞두고 있다고 말했었지?"

내가 당황한 기색으로 물었다.

"네."

"어떤 오디션이지?"

"미래 스타 발굴 프로젝트라는 오디션이었어요."

"미래 스타 발굴 프로젝트."

그 오디션의 이름을 되뇌며 서둘러 물었다.

"혹시 벌써 계약한 거야?"

"아직요."

'다행이다.'

내가 속으로 생각하며 다시 물었다.

"김천만 대표를 만났어?"

그 질문에 조보안이 되물었다.

"김천만 대표가 누군데요?"

*   *   *

미래 스타 발굴 프로젝트.

당연히 CM엔터테인먼트 김천만 대표가 개최한 오디션이라고 판단했다. 그리고 미래 스타 발굴 프로젝트에서 대상을 수상한 조보안과 계약하면서 김천만 대표와 그녀의 인연이 이어질 거라고 예상했는데.

내 예상은 빗나갔다.

"히트 뮤직?"

급히 신대섭에게 부탁해서 미래 스타 발굴 프로젝트라는 오디션에 대해서 조사한 결과, 오디션을 개최한 곳은 CM엔터테인먼트가 아니었다.

히트 뮤직이란 음반 제작사였다.

"좀 의아한 점들이 있습니다. 제가 조사해 본 바로는 히트 뮤직이란 음반 제작사는 규모가 큰 음반 제작사가 아닙니다. 그런데 이번에 거액의 상금을 내걸고 미래 스타 발굴 프로젝트라는 오디션을 열었어요. 아무래도 어디선가 투자를 받은 것 같습니다."

신대섭이 히트 뮤직에 대해서 조사한 후 알려 주었던 내용이었다.

"또… 달라졌다?"

내 표정이 심각해졌다.

조보안이 CM엔터테인먼트 김천만 대표와 계약을 맺는 것.

그녀가 초등학교 5학년 때였다.

그래서 조보안이 초등학교 4학년인 지금 접촉해서 계약을 맺으면 그녀를 선점할 수 있을 거라고 확신했다.

그런데 그 확신이 빗나갈 위기에 처했다.

예상치 못했던 히트 뮤직의 등장 때문이었다.

만약 조보안이 히트 뮤직과 계약을 맺는다면?

그녀는 CM엔터테인먼트와 계약을 맺지 못하게 될 테고, 그럼 내가 알고 있는 미래 지식이 또 한 번 바뀌는 셈이었다.

─히트 뮤직이 지금 등장한 이유는?

─조보안의 스타성을 알아본 건가?

─투자자의 정체는?

책상 위에 펼쳐 놓은 노트에 분주히 메모를 하고 있을 때였다.

"수업 끝났는데 안 일어나?"

이태리가 내 앞에 다가와서 질문했다.

"수업이 언제 끝났어?"

"수업이 끝났는지도 모르고 계속 딴생각을 하고 있었다? 진짜 수능 만점자, 맞아?"

이태리가 의심쩍은 시선을 던지며 물었다.

"넌 여기 웬일이야?"

"나도 이 교양 수업 들어."

"지난번엔 못 본 것 같은데?"

"수업 바꿨어."

"왜 수업을 바꿨는데?"

"네가 이 수업 듣는다는 걸 알았거든."

이태리가 날 빤히 바라보며 대답했다.

'얘는 또 왜 이럴까?'

지난 생의 나와 이태리는 전혀 연관점이 없었다.

그런데 이번 생은 달랐다.

이태리는 자꾸 내 앞에 얼쩡거리며 나타나고 있었다.

"그런데 조보안은 누구야?"

"응?"

"노트에 조보안이라고 적혀 있잖아. 누구냐고?"

"알 것 없어."

내가 황급히 노트를 덮었을 때, 이태리가 기다렸다는 듯 내 앞에 영화 티켓 두 장을 내밀었다.

"수업 끝났지? 영화 보러 가자."

"영화?"

"이 영화 엄청 재밌대. 진즉에 보고 싶었는데 너랑 같이 보려고 지금까지 꾹 참고 있었던 거야."

'데이트 신청?'

이태리가 데이트 신청을 하고 있다는 사실을 알아챈 내가 머리를 긁적였다.

신은하와 채수빈, 그리고 이태리까지.

지난 생의 나와는 딱히 연관점이 없었던 톱 여배우들이었다.

그런데 이번 생에는 달랐다.

내 의도와 상관없이 톱 여배우들과 나의 인연이 이어지고 있었다.

'텔 미 에브리씽이네.'

이태리가 앞으로 내민 영화 티켓에는 '텔 미 에브리씽'이란 작품의 제목이 선명하게 찍혀 있었다.

"싫은데."

함께 영화를 보자는 제안을 거절하자, 이태리는 충격에 빠진 표정이었다.

"방금 싫다고 말한 거야?"

"그래."

"어떻게 그럴 수가 있어?"

"……?"

"내가 영화를 보자고 제안했는데 거절한 사람, 네가 처음이야."

'순정 만화 마니아가 틀림없네.'

이번이 처음이 아니었다.

"처음이야. 친하게 지내자는 내 제안을 거절한 남자는 네가 처음이라고."

법학과 전공 강의실에서 처음 만났을 당시에도 이태리는 순정 만화 여주인공이나 던질 대사를 남기고 떠났다.
이것이 내가 이태리가 순정 만화 매니아라고 판단한 이유.
"그 영화, 이미 봤어."
짤막한 대답을 꺼내고 일어서자, 이태리가 물었다.
"어디 가?"
그 질문에 내가 대답했다.
"과외 하러 간다."

*　　　　*　　　　*

"선생님, 너무해요."
채수빈은 치명적인 눈웃음을 쏘아 내며 날 원망했다.
'복이 터졌네.'
현재 톱스타인 신은하.
그리고 장차 톱스타가 될 이태리로 모자라 채수빈도 내 주위에 머물고 있었다.

이번 생엔 복이 터졌다는 생각이 들어서 자꾸 헤실헤실 웃음이 새어 나오려 했지만, 난 표정 관리에 신경 쓰며 입을 뗐다.

"집중하자."

"히잉, 선생님, 진짜 너무해요."

채수빈이 수업을 하는 대신 영화 제작에 대한 뒷이야기를 듣고 싶다며 필살기인 비음까지 동원했다.

하지만 신은하와 이태리의 유혹에도 조금도 흔들리지 않았던 나다.

아직 미성년자인 채수빈의 유혹을 가볍게 물리친 난 끝까지 흔들리지 않고 수업을 마쳤다. 그리고 수업을 마치고 이층에서 내려오자 이미 외출 준비를 마친 양미향이 날 맞이했다.

"서 선생님, 그이가 보낸 차가 집 앞에 대기하고 있으니까 바로 출발해요. 그이와는 극장에서 만나기로 했어요."

"네, 알겠습니다."

채동욱과 양미향, 그리고 채수빈과 함께 영화를 보기로 일전에 약속했었고, 오늘이 바로 그 날이었다.

기사가 운전하는 차량 조수석에 타고 강남에 위치한 극장에 도착하자, 채동욱은 이미 도착해서 기다리고 있었다.

"아빠."

"수빈이 왔구나. 서 선생도 왔군. 솔직히 좀 놀랐어."

"네?"

"극장에 미리 도착해서 살펴봤더니 전부 매진이더라고. 서 선생의 실력이 내가 막연히 짐작했던 것보다 더 뛰어난 것 같아."

채동욱은 내게 새삼스러운 시선을 던지고 있었다.

직접 극장에 찾아와서 '텔 미 에브리씽'이 전 회차 매진 행렬을 하고 있다는 사실을 눈으로 확인하고 나자, 영화 제작자 서진우에 대한 평가가 바뀐 것이리라.

"관객 수가 이백만 명을 돌파했다는 소식은 들었습니다."

"관객 수가 이백만 명을 돌파했다? 그 정도면 크게 흥행에 성공한 것 아닌가?"

"그렇습니다."

"그럼 영화 제작자가 얻는 수익은 어느 정도나 되나?"

"정확한 수익금은 정산이 끝나 봐야 알겠지만, 최소 10억 이상은 수익이 날 겁니다."

"영화 한 편이 성공하면 10억 이상을 벌어들인다?"

"어디까지나 제작사의 수익입니다. 투자사는 훨씬 더 많은 수익을 가져가죠."

내 예상이 맞았다.

지난번에 영화를 비롯한 문화 콘텐츠에 대한 투자를 언급했을 당시, 채동욱은 시큰둥한 기색이었다.

하지만 문화 콘텐츠를 제작하고 투자해서 거액의 수익을 올릴 수 있다는 사실을 알고 나자, 그의 표정이 바뀌어 있었다.

"문화도… 꽤 흥미로운 분야였군."

채동욱은 '밸류애셋'의 대표.

그가 흥미롭다고 표현한 것은 문화 콘텐츠에 투자하는 것에 관심이 생겼다는 의미였다.

"여보, 영화 시작 시간 다 됐어요."

"아빠, 빨리 들어가요."

양미향과 채수빈의 재촉을 받은 채동욱이 더 대화를 이어나가는 것을 포기하고 날 바라보며 제안했다.

"서 선생, 영화 보고 난 후에 식사하면서 마저 얘기하지."

"네, 알겠습니다."

어차피 저녁 식사를 함께하기로 약속이 된 상황.

난 흔쾌히 제안을 수락했다.

약 두 시간 후, 영화가 끝이 났다.

직접 시나리오를 썼고, 시사회에서 이미 영화를 감상했던 나는 별 감흥이 없었다.

그렇지만 세 사람은 달랐다.

"영화도 꽤 재미있군."

채동욱은 영화의 매력을 깨달은 표정이었다.

양미향은 영화를 보고 난 후 폭풍 오열을 했다.

'오열할 정도로 슬픈 이야기는 아닌데.'

'텔 미 에브리씽'의 장르는 심리 스릴러.

분명 양미향이 폭풍 오열할 정도로 슬픈 내용의 작품은 아니었다.

그래서 의아하게 생각했는데.

"당신과 영화를 같이 본 게 대체 얼마 만인지 모르겠어. 당장 죽어도 여한이 없을 정도로 너무 좋아."

양미향이 폭풍 오열한 이유는 영화의 내용이 슬퍼서가 아니었다.

채동욱과 함께 영화를 본 것이 너무 오래간만이라서 감격했기 때문이었다.

"선생님을 더 존경하게 됐어요. 꼭 선생님이 제작하는 영화에 출연할 거예요."

채수빈은 내가 제작할 영화에 출연하겠다는 당찬 포부를 밝혔다.

'내 입장에서는 환영할 일이지.'

속으로 생각하며 빙그레 웃었을 때였다.

"서진우?"

낯익은 목소리가 들려왔다.

그 목소리가 들려온 방향으로 고개를 돌리자 이태리가 보였다.

이태리를 발견한 내가 한숨을 내쉬었다.

'동에 번쩍 서에 번쩍. 신출귀몰하는 홍길동이 따로 없네. 얘는 또 왜 여기에 있는 거야?'

이태리는 내게 '텔 미 에브리씽'을 함께 보자고 제안했었다.

하지만 난 이미 봤다는 이유로 그 제안을 거절했었다.

그런데 채동욱의 가족과 함께 '텔 미 에브리씽'을 함께 관람하고 나오다가 이태리에게 딱 들켰으니 무척 난감한 상황이었다.

'하필 여기서 맞닥트릴 줄이야.'

예상대로 이태리는 내게 북극 빙해처럼 싸늘한 시선을 쏘아 내고 있었다.

'어떻게 이 상황을 수습해야 하나?'

내가 고민하고 있을 때였다.

"채 대표님, 안녕하셨어요?"

이태리가 돌연 채동욱에게 인사를 했다.

"그래. 태리는 너무 예뻐졌구나. 먼저 알은체를 안 했으면 못 알아볼 뻔했다."

'두 사람이 아는 사이였어?'

또 다른 돌발 상황이 발생한 셈이었다.

"아주머니도 잘 지내셨죠?"

"그, 그래."

채동욱과 달리 양미향은 이태리를 여기서 만난 것에 불편한 기색이었다.

"수빈이는 더 예뻐졌네?"

"고마워요. 언니는 여전히 예쁘네요."

"호호, 고마워."

채수빈과 인사를 나누던 이태리가 불쑥 물었다.

"극장엔 무슨 일이야?"

"극장에 영화 보러 왔죠. 무슨 일로 왔겠어요?"

"무슨 영화 보고 나오는 길이야?"

"'텔 미 에브리씽'이란 영화요."

거짓말 못하는 착한 채수빈이 곧이곧대로 대답한 순간, 날 바라보는 이태리의 시선이 더욱 싸늘해졌다.

슬쩍 고개를 돌려서 그 시선을 외면했을 때였다.

"언니는 혼자 왔어요?"

채수빈이 이태리에게 물었다.

"응, 원래는 같이 영화를 보고 싶은 사람이 있었는데 그 사람이 내 제안을 거절했어."

"여자요? 남자요?"

"남자."

"어머, 언니 같은 미인이 같이 영화를 보자고 제안했는데 거절한 남자가 있다고요? 그 잘난 남자가 대체 누군데요?"

그 잘난 남자가 바로 나다.

이렇게 이실직고하고 싶은 것을 꾹 눌러 참고 있을 때, 이태리가 내게서 시선을 떼지 않은 채 대답했다.

"있어, 아주 잘난 남자."

"그 남자가 대체 누군데요?"

"나중에 알려 줄게."

이거야 원.

가시방석이 따로 없었다. 그래서 어서 이 자리를 벗어나고 싶다는 생각을 품었을 때였다.

"태리야, 저녁 먹었니?"

"아직입니다."

"마침 우리도 저녁 먹으러 가려는 참인데 불편하지 않으면 같이 가는 게 어때?"

"저야 감사하죠."

이태리가 냉큼 대답했다.

"서 선생, 괜찮지?"

괜찮지 않다. 무척 불편하다.

이렇게 대답하고 싶었지만, 내 입에는 다른 대답이 나왔다.

"괜찮습니다."

"그럼 함께 식사하러 가자."

채동욱이 앞장서서 걸음을 옮겼다. 내가 따라서 걸음을 옮길 때, 이태리가 슬쩍 내 곁으로 다가왔다.

"영화, 재밌었어?"

의미심장한 목소리로 이태리가 던진 질문.

"그럭저럭 재밌게 봤어."

내가 대답하자, 이태리가 다시 물었다.

"다시 봐도 재밌었나 보지?"

"웅. 워낙 잘 만든 영화거든."

"아, 그러셨어요? 두 번 봐도 재밌는 영화를 대체 누가 만들었을까?"

이태리가 비꼬듯 질문한 순간, 심드렁한 목소리로 대답했다.

"내가 만들었어."

*　　　　*　　　　*

식사 장소는 프랑스 레스토랑.

채동욱은 일인당 오만 원짜리 비싼 코스 요리를 주문했지만, 난 음식 맛을 제대로 느끼지 못했다.

신경 쓰이는 것이 한두 가지가 아니었기 때문이었다.

우선 날 바라보는 이태리의 시선은 여전히 차가웠다. 그리고 표정이 안 좋기는 양미향과 채수빈도 마찬가지였다.

식사 자리에서 유일하게 즐거운 사람은 채동욱뿐이었다.

"그렇지 않아도 태리 네게 밥 한번 사야겠다고 생각했는데. 마침 잘됐구나. 이번에 한국대 입학한 것 다시 한번 축하한다."

"감사합니다."

'이 아저씨, 보기보다 눈치가 없네.'

그런 채동욱을 살피던 내가 한숨을 내쉬었다.

채수빈의 과외 선생에 불과한 나도 동석한 양미향의 표정이 좋지 않은 이유가 짐작이 갔다.

이태리는 한국대에 진학한 수재인 반면 채수빈은 학교 성적이 반에서도 하위권이었다.

채수빈과 너무 차이가 나는 이태리로 인해 양미향은 열등감을 갖고 있었고, 그래서 이태리와 함께 하는 오늘 식사 자리에 불편한 기색을 내비치는 것이었다.

그리고 채수빈의 표정이 안 좋은 이유는 여자의 직감이었다.

날 바라보는 이태리의 시선에 담겨 있는 호감을 직감적으로 알아챘기 때문에 경계심이 발동한 것이었다.

"두 사람은 친한가?"

그때, 채동욱이 질문을 던졌다.

"안 친합니다."

"네, 친해요."

나와 이태리의 대답이 엇갈렸다.

"아, 우리가 안 친했구나."

날 바라보는 이태리의 시선이 더욱 강렬해졌지만, 그 시선을 피하지 않은 채 대꾸했다.

"아직 친하다고 하기에는 좀, 아니, 많이 이르지."

나와 이태리의 대화를 듣던 채동욱이 흥미를 드러냈다.

"두 사람 지금… 사랑싸움이라도 하는 건가?"

'이 아저씨가 뭐래?'

내가 황당한 표정을 지은 순간, 채동욱이 다시 말했다.

"그러고 보니 두 사람이 꽤 잘 어울리는 것 같군. 이것도 인연인데 한번 사귀어 보는 건 어때?"

'보기보다 눈치가 없는 게 아니라… 눈치가 아주 꽝이네.'

채동욱의 말이 끝나기 무섭게 양미양이 도끼눈을 뜬다.

내심 날 사윗감으로 점찍었는데, 채동욱이 나와 이태리가 잘 어울리니 사귀어 보란 망발을 한 것이 마음에 들지 않기 때문이리라.

채수빈의 눈빛도 한층 사납게 변했다.

첫사랑에 실패할 위기가 찾아왔기 때문일 터.

'걱정하지 마라. 절대 이태리한테 넘어가는 일은 없을 테니까.'

내가 속으로 말한 후, 서둘러 화제를 전환했다.

"그런데 대표님은 태리를 어떻게 아시는 겁니까?"

"태리 아버님과 친분이 있어서 몇 번 가족 모임을 했었거든. 혹시 풍산건설을 알고 있나?"

"들어 본 적 있습니다."

"태리 아버님이 풍산건설 대표님이야."

'그렇구나.'

난 이태리에게서 순정 만화 여주인공 같은 느낌을 받았었다.

그 이유는 부자 아버지를 둔 덕분에 온실 속 화초처럼 살았기 때문이었다.

'좋은 시절도 얼마 안 남았네.'

하지만 이태리의 호시절도 얼마 안 남았다.

그녀의 아버지가 대표로 있는 풍산건설은 IMF 구제 금융 사태의 파고를 넘지 못하고 부도가 나니까.

'그래서 연예계로 진출한 거구나.'

순정 만화 여주인공 같은 이태리가 훗날 험하디 험한 연예 계로 진출하게 되는 이유를 비로소 알아챘을 때였다.

"서 선생."

채동욱이 은근한 목소리로 날 불렀다.

"말씀하시죠."

"혹시 다음 영화도 제작하고 있나?"

"네, 유니버스 필름 이현주 대표와 한 작품을 더 공동 제작 하기로 했습니다."

"어떤 작품인가?"

"대한민국이 경제 위기에 빠지고 난 후, 여러 인간 군상들 의 달라진 삶을 그리는 작품입니다."

"재밌겠군."

'왜 이래?'

내가 영화 제작 일을 하고 있다는 사실을 알고 있었지만, 채동욱은 한 번도 관심을 드러내거나 질문한 적이 없었다.

그런데 갑자기 급관심을 표명하고 있었다.

'영화에 관심이 생겼네.'

내가 제작한 '텔 미 에브리씽'을 직접 관람하고 난 후, 채동욱은 영화에 관심이 생긴 게 틀림없었다.

'아닌가?'

지금껏 지켜본 채동욱은 감수성이 풍부한 편은 아니었다.

'영화에 관심이 생긴 것이 아니라, 영화에 투자하는 것에 관심이 생긴 거야.'

채동욱이 눈치가 없기는 했지만, 돈 냄새는 기가 막히게 맡는 편이었다.

그런 내 예상은 적중했다.

"서 선생이 현재 하는 일이 두 가지지? 하나는 영화를 제작하는 것이고, 나머지 하나는 '블루윈드'라는 연예 기획사의 투자자, 맞나?"

"대충 맞습니다."

내가 하는 일은 하나 더 있다.

동화백화점 손진경 대표와 JK미디어를 세웠으니까.

하지만 굳이 그 사실까지 채동욱에게 알려 줄 필요는 없다고 생각한 내가 대답했을 때, 그가 물었다.

"내가 투자를 할 경우 어느 쪽이 더 수익이 클까?"

"갑자기 왜 그런 질문을 하시는 겁니까?"

"서 선생에게서 돈 냄새를 맡았거든."

'이 아저씨, 눈치는 꽝이어도 확실히 투자 감각은 있네.'

'밸류에셋'이 괜히 2020년에도 살아남은 것이 아니었다.

내심 감탄하면서 머릿속으로 주판알을 퉁겼다.

'정식으로 투자를 하겠다는 건데… 투자가 더 급한 쪽은 '블루윈드'지.'

'텔 미 에브리씽'이 흥행 가도를 달리고 있는 상황.

정산이 끝나고 나면 내게는 큰돈이 들어올 것이다.

하지만 그 돈은 그림 속의 떡이나 다름없다.

정산이 끝나는 데까지 한참 시간이 걸리기 때문이다.

반면 '블루윈드'는 자금이 급히 필요했다.

황금알을 낳는 거위나 다름없는 배우들을 '블루윈드'로 영입하기 위해서는 계약금이 필요하기 때문이었다.

거기까지 생각이 미친 내가 채동욱에게 대답했다.

"저라면 '블루윈드'에 투자할 겁니다."

"이유는?"

"배우 이강희의 전성시대가 열리고 있기 때문입니다."

*　　　　*　　　　*

음반 제작자 송준섭의 인생은 순탄치 않았다.

한때, 인기 가수들을 여럿 배출하며 짧은 전성기를 누렸던 적이 있었지만, 음반 제작자 송준섭의 인생에는 성공보다 실패가 더 많았다.

몇 차례나 폐업과 창업을 반복했는데, 히트 뮤직은 그가 가장 최근에 세운 음반 제작사였다.

하지만 히트 뮤직을 설립한 후, 제작한 두 장의 앨범 모두 실패했다.

그래서 수익을 올리긴커녕 빚만 쌓였고.

'슬슬 정리해야지.'

송준섭에게 남은 것은 아무짝에도 쓸모없는 허울 좋은 명성뿐.

그래서 이제 히트 뮤직을 슬슬 정리하고 빚잔치를 할 계획을 세우고 있었는데.

아무짝에도 쓸모없다고 여겼던 허울 좋은 명성이 빛을 발했다.

"히트 뮤직에 투자하겠습니다."

돌연 투자 제안이 들어왔기 때문이었다. 그리고 투자 제안을 했던 플랜비 인베스트먼트 대표인 최대석은 투자 이유를 오랫동안 음반 제작 일을 해 온 송준섭의 경험과 명성이라 밝혔었다.

어쨌든 송준섭의 입장에서는 플랜비 인베스트먼트 측의 투자 제안이 가뭄의 단비나 다름없었다.

게다가 투자 조건도 아주 좋았기에 송준섭은 고민하지 않고 투자를 받았다.

덕분에 자금에 여유가 생긴 순간, 송준섭이 가장 먼저 한 일은 도박빚을 갚는 것이었다. 그래서 플랜비 인베스트먼트에서 투자 조건으로 제시한 미래 스타 발굴 프로젝트 오디션을 통해 선발한 수상자들과의 계약 조건을 바꿀 수밖에 없었다.

"이 정도만 해도 감지덕지지."

미래 스타 발굴 프로젝트 우승자인 조보안과의 미팅을 앞두고 계약서를 검토하던 송준섭이 혼잣말을 꺼냈다.

그런 그가 이내 고개를 갸웃했다.

"대체 왜 조보안이라는 꼬맹이에게 집착하는 거지?"

직접 오디션 심사 위원장으로 참여했던 송준섭이 지켜본 조보안.

끼와 재능이 느껴졌다.

플랜비 인베스트먼트 최대석 대표의 지시가 아니었더라도, 조보안을 우승자로 선정했을 정도로.

하지만 조보안의 나이는 이제 겨우 11살.

아직 꼬맹이에 불과한 조보안을 이용해서 수익을 올릴 가능성은 희박했다.

그래서 최대석 대표가 조보안에게 집착하는 이유를 파악하기 힘든 것이었다.

"뭐, 나와는 상관없는 일이지."

송준섭이 고개를 흔들며 상념을 털어 냈다.

중요한 것은 플랜비 인베스트먼트의 투자를 받은 덕분에 자금줄에 숨통이 트였다는 점이었으니까.

"이제 가 볼까?"

손끝이 근질근질했다.

화투패 뒷면의 까끌까끌한 감촉이 그리워진 송준섭이 서둘러 자리에서 일어났다.

Chapter. 2

"선생님, 궁금한 게 있는데요."

"뭔데?"

"태리 언니와 학교에서 자주 만나세요?"

"응, 자주 만나."

내가 원해서가 아니다.

이태리가 자꾸 내 주변을 얼쩡거리기 때문에 자주 만나게
되는 것이다.

그래서 솔직하게 대답한 순간, 연필을 쥐고 있던 채수빈의
손에 힘이 꾹 들어간다.

잠시 후, 채수빈이 입술을 지그시 깨물며 말한다.

"선생님, 방금 새로운 목표가 생겼어요."

"어떤 목표가 생겼는데?"

"저 한국대 갈 거예요."

비장한 표정으로 연신대학교가 아닌 한국대학교에 진학할 거라는 새로운 목표를 밝히는 채수빈의 속내는 빤히 보였다.

'위기감을 느꼈네.'

나와 이태리는 한국대 신입생.

학교에서 지금처럼 자주 만나다가 나와 이태리가 정분이 날까 봐 채수빈은 신경이 쓰이는 것이었다.

그래서 이태리의 일거수일투족을 감시하기 위해서라도 연신대학교가 아니라 한국대학교에 진학하려는 것이었고.

'걱정할 것 없다. 순정 만화 여주인공은 내 스타일이 아니거든.'

불안해하는 채수빈을 안심시켜 주려다가 그만두었다.

'목표는 높을수록 좋으니까.'

연유야 어떻든 한국대학교에 진학하겠다는 새로운 목표가 생겼으니, 채수빈은 앞으로 더 열심히 공부에 매진할 터.

연신대학교에 진학할 수 있는 확률이 그만큼 더 높아지는 셈이기 때문이다.

그럼 인센티브 1억을 수령할 수 있는 확률도 그만큼 높아지는 셈이고.

"질문 있어?"

"아니요."

"그럼 오늘은 여기까지 하자."

"네, 선생님."

채수빈과의 과외가 끝났지만, 아직 내 일은 끝난 것이 아니다.

어서 내가 과외를 마치고 일층으로 내려오길 기다리고 있는 채동욱을 상대해야 하기 때문이다.

"선생님, 오늘도 고생하셨어요."

과외를 마치고 채수빈과 함께 1층으로 내려오자마자, 양미향이 날 반긴다.

그리고 콧속으로 파고드는 음식 냄새.

'오늘은 닭인가?'

내 짐작대로 오늘의 메인 메뉴는 닭백숙이었다.

"서산에 아주 유명한 닭백숙집이 있어요. 선생님한테 대접해 드리고 싶어서 기사시켜서 포장해 왔어요. 어서 드셔 보세요."

"아, 네. 감사합니다."

한방 닭백숙 특유의 냄새를 맡고 나자 군침이 돈다.

'역시 사위 사랑은 장모인 건가.'

나를 먹이기 위해서 충청남도 서산까지 찾아가서 유명한 닭백숙을 포장해 온 양미향의 지극정성이 날 감동시켰을 때였다.

"서 선생, 한잔하세."

채동욱이 여느 때처럼 술을 권한다.

'오늘은… 양주가 아니네.'

평소와 달리 채동욱의 손에는 술 주전자가 들려 있었다.

"감사히 받겠습니다."

사기잔을 들어서 술을 받았다.

"자, 일단 한 잔 마시지."

사기잔을 부딪치고 단숨에 술을 비웠다. 그리고 술을 마신 내가 흠칫했다.

알싸한 약향이 느껴지는 가운데 부드러운 목넘김, 배 속에 들어가자마자 후끈거리며 올라오는 열기까지.

'이거 귀한 술이다.'

한 모금 마시자마자 무척 좋고 귀한 술이라는 직감이 들었다.

'아버지께 대접해 드리고 싶네.'

귀한 술을 마시자, 당연하다는 듯이 아버지 생각이 났다.

"무슨 술입니까?"

그래서 내가 질문하자, 채동욱이 대답했다.

"산삼주네."

"산삼주요?"

"심마니가 캔 삼백 년 이상 묵은 산삼으로 만든 담금주지."

'어쩐지 맛이 좋더라.'

내가 감탄했을 때였다.

"선생님 가실 때 한 병 가져가세요. 제가 따로 준비해 뒀어요."

"네, 감사합니다."

양미향이 베푸는 호의를 염치 불구하고 넙죽 받았다.

시중에 파는 싸구려 산삼주가 아니라 무려 진짜 산삼주였으니까.

그때, 채동욱이 비어 있던 내 잔에 산삼주를 따라 주며 불쑥 물었다.

"얼마나 투자할까?"

채동욱이 '블루윈드'에 투자하기로 결심이 섰다는 것을 알아챈 내가 대답했다.

"오억 정도만 투자하시죠."

"오억?"

투자 액수가 너무 적다고 판단한 걸까.

채동욱이 슬쩍 미간을 찌푸렸다.

"일단 간만 보시란 뜻입니다."

"간만 보라?"

"지금은 회사가 확실히 자리를 잡기 전이라 투자 수익이 많이 나지 않을 겁니다. 이강희 씨가 혼자서 고군분투하면서 회사의 수익을 올리는 것으로는 한계가 있거든요. 앞으로 배우들을 좀 더 충원하고 본격적으로 수익이 나기 시작할 때가 되면, 제가 다시 언질을 드리겠습니다. 진짜 투자는 그때 하시죠."

내 노력이 헛되지 않아서 '밸류에셋' 대표인 채동욱이 문화 콘텐츠에 투자하는 것에 관심을 갖기 시작했다.

그런 그에게 실망을 안기고 싶지 않았기에 난 우선 간만 볼 정도로만 투자하라고 제안한 것이었다.

'계약금은 필요하니까.'

전우상과 이동제를 비롯해서 황금 알을 낳는 거위나 다름없는 배우들을 '블루윈드'로 영입하기 위해서는 추가 자금이 필요하다고 신대섭은 말했었다.

이 정도면 필요한 추가 자금은 확보했다고 판단한 내가 산삼주가 담긴 잔을 입으로 가져가며 속으로 생각했다.

'불편했던 자리를 감수한 보람이 있네.'

*   *   *

연예 기획사 '블루윈드' 대표실.

신대섭과 마주 앉은 내가 낭보를 알렸다.

"추가 투자가 확정됐습니다."

그 낭보를 전해 들은 신대섭의 표정이 밝아졌다.

"그게 사실입니까?"

"제가 일전에 돈은 구하면 된다고 말씀드리지 않았습니까?"

"……?"

"그때 말했던 대로 필요한 돈은 구한 셈이니까, 이제 본격적으로 배우 영입 작업을 진행하십시오."

유시현이 최우선 영입 타깃, 전우상과 이동제도 무슨 수를 써서라도 '블루윈드'로 영입해야 했다.

하지만 이미 몇 차례 강조했던 터라 굳이 더 설명하지 않고 신대섭에게 영입 작업을 일임했다.

지금 내게는 더 시급히 해결해야 할 사안이 있었기 때문이었다.

"제가 알아봐 달라고 부탁했던 것은 어떻게 됐습니까?"

내가 신대섭에게 알아봐 달라고 부탁한 것은 미래 스타 발굴 프로젝트라는 오디션을 개최한 히트 뮤직에 대한 것이었다.

"제 짐작대로 히트 뮤직은 부도 일보 직전의 상황에서 투자 유치에 성공하며 기사회생했습니다."

"히트 뮤직에 투자한 투자자가 누군지도 알아냈습니까?"

"플랜비 인베스트먼트라는 투자사였습니다."

"플랜비 인베스트먼트?"

처음 들어 보는 투자사명이었다. 그래서 내가 고개를 갸웃했을 때, 신대섭이 부연했다.

"저 역시 처음 들어 보는 투자사였습니다. 그래서 지인들에게 수소문해서 조사를 해 봤더니… 일본계 투자사였습니다."

"일본계 투자사가 확실합니까?"

"제가 알아본 바로는 확실합니다."

신대섭에게서 대답이 돌아온 순간, 내가 표정을 굳혔다.

'왜 일본계 투자사가 히트 뮤직에 투자한 거지?'

뭔가 석연찮은 느낌을 받은 내가 다시 신대섭에게 질문했다.

"히트 뮤직 대표인 송준섭은 어떤 사람입니까?"

"한때 잘나갔던 음반 제작자였습니다. 혹시 가수 이지원을 아십니까?"

"'부디 떠나지 마오'라는 노래를 부른 이지원을 말씀하시는 겁니까?"

"네, 그 이지원을 발굴했던 것이 송준섭이었습니다."

'능력이 없지는 않네.'

신인 가수 이지원이 불렀던 '부디 떠나지 마오'는 빅 히트 곡이었다.

그런 이지원을 발굴했다는 것은 송준섭이 능력 있는 음반 제작자란 증거였다.

잠시 후, 내가 다시 입을 뗐다.

"아까 히트 뮤직이 부도 위기에 몰렸다가 플랜비 인베스트먼트에서 투자를 유치하며 기사회생했다고 말씀하셨죠?"

"그렇습니다."

"신 대표님 말씀대로라면 송준섭은 꽤 능력 있는 음반 제작자인 것 같은데 왜 히트 뮤직은 어려움을 겪으며 부도 위기까지 몰렸던 겁니까?"

"그 후로 뚜렷한 성과를 내지 못했기 때문입니다. 더 이상 좋은 가수를 발굴하지 못했으니까요. 그리고… 불미스러운 사건에도 휘말렸습니다."

"불미스러운 사건요?"

"히트 뮤직의 전신이 베스트 뮤직이었습니다. 그리고 송준섭은 베스트 뮤직의 대표일 당시, 공금 횡령을 한 혐의로 처벌을 받았습니다. 그게 치명타였죠."

신대섭은 꽤 자세히 조사하여 정보를 전달해 주었다.

거기까지 들은 내가 자리에서 일어섰다.

이제 들어야 할 이야기는 다 들었다는 생각이 들어서였다.

'지금은 계속 재고 있을 때가 아니라 움직일 때야.'

지난번에 만났을 때, 조보안은 미래 스타 발굴 프로젝트에서 대상을 수상한 덕분에 오디션을 주최한 히트 뮤직과 전속 계약을 맺게 될 거라고 말했다.

자칫 잘못하면 '아시아의 별'을 놓칠 수도 있다는 우려가 든 나는 서둘러 움직였다.

*　　　*　　　*

하교 시간을 알리는 벨이 울리자마자, 초등학생들이 우르르 쏟아져 나왔다.

일찌감치 학교 앞에서 기다리던 내가 두 눈에 잔뜩 힘을
줬다.

혹시 조보안을 못 보고 지나칠 수도 있다는 우려 때문이었
다.

하지만 괜한 우려였다.

'빛이 나는구나.'

수많은 초등학생들 틈에 섞여서 학교를 빠져나오고 있었지
만, 조보안을 찾는 것은 어렵지 않았다.

군계일학이란 표현이 딱 어울릴 정도로 조보안은 눈에 확
띄었기 때문이었다.

"보안아, 안녕?"

내가 손을 흔들며 인사하자, 조보안이 뜻밖이라는 표정을
지은 채 내 앞으로 쪼르르 달려왔다.

"안녕하세요, 대표님."

이현주가 날 영화 제작사 대표라고 소개했기 때문에 조보
안은 내게 대표님이라고 부르며 꾸벅 인사했다. 하지만 대표
라는 호칭 때문에 너무 거리감이 느껴진다는 생각이 들어서
내가 제안했다.

"그냥 오빠라고 불러."

"오빠… 요?"

"왜? 싫어?"

"그냥… 아저씨라고 부를게요."

'아시아의 별'은 소신이 뚜렷하단 사실을 깨달은 내가 제안했다.

"햄버거 먹으러 갈래?"

"네, 좋아요."

그렇지만 '아시아의 별'도 지금은 초등학생.

햄버거의 유혹을 이겨 내기에는 역부족이었다.

조보안과 함께 햄버거 가게로 들어간 후, 일단 그녀가 배를 채울 때까지 기다렸다.

금세 햄버거 하나를 해치운 조보안은 아쉬운 기색이 역력했다.

"하나 더 먹을래?"

"그래도 돼요?"

"안 될 것도 없지."

'많이 먹고 쑥쑥 커라.'

JK미디어 소속 가수로 아시아를 주름잡을 대스타가 될 그녀에게 햄버거 정도는 실컷 사 줄 수 있었다.

새로 사 온 햄버거까지 해치우고 나서야 조보안은 배가 부른 듯 만족한 표정을 지은 채 입을 뗐다.

"아저씨, 이제 말해 보세요."

"뭘 말해 보란 거야?"

"절 자꾸 찾아와서 햄버거를 사 주시는 이유요."

"······?"

"아빠가 세상에 공짜는 없다고 했거든요. 그러니까 아저씨가 저한테 비싼 햄버거를 사 주는 이유가 있을 것 아니에요?"

'초등학생들이 다 이렇게 똑똑한 걸까? 아니면, 조보안이 특별히 똑똑한 걸까?'

어느 쪽인지는 알 수 없었지만, 조보안이 먼저 멍석을 깔아 준 덕분에 본론을 꺼낼 기회를 얻었다.

"이현주 대표가 날 영화를 제작하는 사람이라고 소개했지?"

"네."

"그런데 난 영화 제작하는 일 말고 다른 일도 하고 있어."

"또 어떤 일을 하는데요?"

"음반 제작."

"아저씨가 음반 제작도 한다고요?"

"왜 그렇게 놀라?"

"그게··· 보기와는 많이 달라서요."

"······?"

"아저씨 첫인상이 그렇게 똑똑해 보이지는 않았거든요."

'내가 작년 수능 유일한 만점자라는 사실을 확 밝혀?'

살짝 기분이 상해서 잠시 고민하다가 다른 이야기를 꺼냈다.

더 중요한 것이 있어서였다.

"그래서 앞으로 보안이와 함께 일하고 싶어."

"네?"

"보안이와 계약을 맺고 음반 제작을 하고 싶다는 뜻이야."

내가 두 번씩이나 찾아와서 햄버거를 사 준 이유를 밝히자, 조보안이 미안한 표정으로 말했다.

"너무 늦었어요."

*　　　*　　　*

"그동안 비싼 햄버거 괜히 사 줬다고 후회하시는 거죠?"

조보안이 헤어지기 전, 내 표정을 살피며 꺼냈던 말이었다.

하지만 그녀의 짐작은 틀렸다.

내가 후회하는 기색을 감추지 못했던 이유는 더 서두르지 않은 탓에 '아시아의 별'을 눈앞에서 놓쳐 버려서였다.

'이제… 어쩌지?'

거의 다 잡았던 대어를 놓친 것이나 마찬가지.

지독한 상실감에 휩싸인 나는 당연하다는 듯이 근처 포장마차로 들어갔다.

소주병을 기울여 잔을 채우던 내 머릿속이 복잡해졌다.

"왜… 미래가 바뀐 거지?"

'아시아의 별'로 성장할 조보안을 목전에서 놓친 것.

무척 아쉬운 일이었지만, 그에 못지않게 충격적인 것은 내가 기억하고 있는 미래가 바뀌고 있다는 점이었다.

"조보안은 원래 CM엔터테인먼트와 전속 계약을 맺고 '아시아의 별'로 성장했었는데… 이제는 그렇게 될 수가 없네."

조보안은 이미 히트 뮤직과 전속 계약을 맺었다고 말했다.

그러니 JK미디어 소속 가수가 될 수 없을 뿐만 아니라, CM엔터테인먼트 소속 가수가 될 수도 없었다.

이건 무심코 넘길 수 없는 사안.

아니, 절대 그냥 넘겨서는 안 되는 사안이었다.

'왜 미래가 바뀌는 거지?'

내 기억과 전혀 다른 방향으로 흘러가는 상황이 무척 당혹스러웠다.

그런 내가 떠올린 것은… 평화 필름 대표인 심대평이었다.

'심대평 역시 지금의 나처럼 당황하지 않았을까?'

심대평은 회귀자이기 때문에 앞으로의 미래가 어떻게 흘러갈지를 알고 있었다.

그래서 그는 흥행작인 '텔 미 에브리씽'을 선점해서 본인이 제작하기 위한 준비를 하고 있었다.

'텔 미 에브리씽'을 쓴 작가인 송태경을 찾아낸 것이 그 증거였다.

하지만 심대평의 계획은 어그러졌다.

또 다른 회귀자인 내가 먼저 '텔 미 에브리씽'을 선점해 버렸기 때문이었다.

당시 나는 심대평보다 확실히 유리한 고지를 점했다고 판단했다.

심대평은 내가 회귀자라는 사실을 모르는 반면, 난 그가 회귀자라는 사실을 알고 있어서였다.

하지만 조보안을 놓치고 나자, 문득 그런 생각이 들었다.

'어쩌면… 나 같은 케이스가 또 있는 게 아닐까?'

내가 심대평보다 유리한 고지를 선점한 이유.

회귀자의 고백을 듣고 회귀를 했다는 특수성 때문이었다.

그리고 지금까지는 당연히 특수성을 가진 회귀자가 나뿐이라고 여겼는데.

어쩌면 나 같은 특이한 케이스의 회귀자가 또 있을 수도 있단 생각이 퍼뜩 들었다.

'가능성은… 충분해.'

소녀, 아니, 자칭 요정은 회귀자의 고백을 듣는 것이 무척 어려운 일이라고 말했었다.

그렇지만 어렵다는 것과 불가능하다는 것은 동의어가 아니었다.

나처럼 회귀자의 고백을 들은 덕분에 회귀한 사람이 또 있을 수도 있다는 생각, 아니, 확신이 든 순간이었다.

─변종 회귀자가 세상의 균형을 해칠 수 있을 정도로 지나친 간섭 행위를 한 탓에 경고와 페널티를 받았습니다.

내 눈앞에 낯선 메시지가 떠올랐다.

'이건 또 뭐지?'

예기치 못한 메시지가 눈앞에 떠오른 순간, 크게 당황했지만, 이내 빠르게 계산을 시작했다.

'당시 요정은 자신의 존재 이유가 세상에 대해 지나친 간섭을 해서 균형을 무너뜨리려는 회귀자를 감시하기 위해서라고 했어. 그럼 회귀자 중에 누군가 세상의 균형을 무너뜨릴 수도 있는 행위를 한 게 아닐까? 가만, 그런데 회귀자면 전부 다 같은 회귀자이지, 변종 회귀자는 또 뭐지?'

변종 회귀자라는 용어.

무척 생소했다. 그래서 고개를 갸웃했을 때였다.

―당신은 변종 회귀자의 존재를 간파했습니다. 그에 대한 보상이 주어집니다.

'보상?'

갑자기 쏟아지고 있는 낯설고 생소한 메시지와 단어들로 인해 혼란스러웠지만, 보상이 좋은 의미란 것 정도는 안다. 그래서 과연 내게 어떤 보상이 주어지는가에 대해서 궁금해할 때였다.

—당신에게 주어지는 보상은 영웅과의 교감입니다.

내 호기심을 풀어줄 요량으로 보상 내용에 관한 메시지가 떠올랐다.

'영웅? 위인전에 자주 등장하는 그 영웅들을 말하는 건가?'

머릿속으로 바쁘게 생각하고 있을 때, 또 다른 알림 메시지가 떠올랐다.

—당신의 행보에 관심을 가지고 주시하고 있던 한반도의 이름 없는 영웅이 당신과의 독대를 요청했습니다. 독대를 수락하시겠습니까?

'내 행보에 관심을 갖고 주시하고 있었다고?'

그 말이 신경을 곤두서게 만들며 또 하나의 의문이 깃든다.

'영웅이면 다 유명한 것 아닌가? 이름 없는 영웅도 있나?'

뭔가 앞뒤가 맞지 않는다는 생각을 했을 때였다.

—10초 안에 독대 제안을 수락하지 않으면 독대 제안을 거절하는 것으로 간주됩니다.

알림 메시지가 재차 떠오르며 어서 결정을 내리라고 재촉했다.

'일단… 만나 보자.'

잠시 고민한 후 난 한반도의 이름 없는 영웅을 만나 보기로 결심했다.

이름 없는 영웅의 정체가 궁금했기 때문이었다.

또, 아까 알림 메시지는 영웅과의 교감이 보상이라고 표현했다.

적어도 손해 볼 일은 아닐 거라 판단한 내가 대답했다.

"수락한다."

기이잉.

내가 한반도의 이름 없는 영웅이 요청한 독대 제안을 수락한다고 대답한 순간, 귓가로 이명이 들렸다.

또, 눈앞이 아득해졌다.

*　　　　　*　　　　　*

졸졸졸.

잠시 후, 이명이 사라지고 내 귓가에 들려온 것은 냇물이 흘러가는 소리였다.

'공기가 청량하네.'

폐부로 깊숙이 들이마신 공기.

도심의 탁한 공기와는 질적으로 달랐다. 그래서 서둘러 눈을 뜨자, 울창한 삼림으로 뒤덮여 있는 사위가 보였다.

'이거 뭐야?'

분명히 조금 전까지 포장마차에 앉아 있었다. 그런데 갑자기 깊은 산중으로 이동해 있다니… 지금의 상황에 내가 당황했을 때였다.

"이거… 골 때리네."

아까 주변을 살필 때는 보지 못했던 한 남자가 내 앞에 나타나서 아래위로 날 훑어보고 있었다.

마치 사극 속에서 툭 튀어나온 듯한 남자의 복장과 외양을 살피던 내가 한숨을 내쉬며 입을 뗐다.

"당신이 내게 독대를 청했던 한반도의 이름 없는 영웅입니까?"

남자가 고개를 끄덕이며 대답했다.

"맞다. 내가 널 만나기를 원했다."

"누구……?"

"이름 없는 영웅이라고 말했다."

봉두난발한 머리에 수염을 가슴까지 기른 남자의 목소리는 우렁찼다.

험상궂은 외양인 데다가 날 바라보는 맹수와 닮은 사나운 남자의 눈빛을 마주하자 오금이 저릴 지경이었다.

하지만 난 어깨를 쭉 펴고 입을 뗐다.

"아까 저한테 골 때린다고 했습니까?"

"맞다."

"왜 그런 말씀을 하신 겁니까?"

"진맥을 해 봤더니 누가 해코지를 하지 않더라도 얼마 못 가서 뒈질 정도로 꼬라지가 형편없어서."

"……?"

"정기는 점점 줄어들어서 쥐꼬리만큼만 남아 있는 반면 탁기는 잔뜩 쌓였더구나. 한심하기 짝이 없는 놈."

슬슬 빈정이 상하기 시작한다.

먼저 날 만나길 청했던 남자는 비난과 잔소리만 쏟아 내고 있었으니까.

'지금이라도 확 그냥 취소해 버려?'

내가 고민할 때, 남자가 다시 말했다.

"너처럼 한심한 놈에게 조선의 운명을 기대야 한다는 것이 안타깝기 그지없지만… 이것도 운명이겠지. 그래서 네게 몇 가지 가르침을 주려고 한다."

'이거 어디서 많이 들어 본 대사인데.'

소싯적에 무협지 좀 읽어 봤기에 내가 속으로 생각한 순간, 남자가 내 머리 위로 손을 올렸다.

"태극일원공의 심법을 전수하마. 대가리가 나빠서 구결 운용 순서는 알려 줘 봐야 못 외울 듯 하니, 그냥 몸이 기억하도록 만들어 주마. 내가 꽤 친절한 편이거든."

"이래 봬도 작년 수능 유일한 만점자가……."

머리가 나쁘단 말을 듣고 발끈해서 내가 작년 수능 유일한 만점자란 사실을 밝히려고 했지만 그 말을 끝맺지는 못했다.

정수리에서 시작된 화끈한 느낌.

그 열기가 점점 강해지면서 머릿속이 하얗게 변해 버렸기 때문이었다.

퍽, 퍽, 퍽.

그와 동시에 전신에 충격이 밀려든다.

뼈에 아로새겨지는 고통이 이런 걸까.

너무 아파서 비명도 나오지 않는다.

차라리 기절해 버리고 싶다는 생각이 든 순간, 갑자기 고통이 사라졌다.

'끝났구나.'

드디어 끝이 났다는 생각에 안도의 한숨을 내쉬었을 때, 남자가 나무 막대기를 집어들었다.

"똑똑히 보고 기억하거라. 남은 시간이 별로 없으니까."

남자가 나무 막대기를 손에 들고 춤을 추기 시작했다.

그 춤이 너무 강렬하고 아름다워서 정신을 빼앗겼을 때, 남자가 춤을 추던 것을 멈추고 돌아섰다.

"태극일원공이 널 위험에서 지켜 줄 것이다. 유일한 구명줄이나 다름없으니 태극일원공을 익히는 데 부족함이 없어야 한다."

처음과 달리 다정한 목소리로 당부한 남자가 천천히 걸음을 옮기기 시작했다.

뒤늦게 정신을 차린 내가 서둘러 입을 뗐다.

"이것도 인연이라면 인연인데 이름이라도 알려 주시고 가셔야죠."

한반도의 이름 없는 영웅의 정체라도 알아야 할 것 같아서 질문하자, 남자가 걸음을 멈춘 채 대답했다.

"박지송."

'뭐래?'

한국 축구계의 살아 있는 전설 중 한 명인 박지송의 이름이 남자의 입에서 흘러나온 것을 듣고 황당한 표정을 지었을 때였다.

"나도 그처럼 언성 히어로였다."

'진짜… 골 때리네.'

세계적인 명문 클럽인 맨체스터 유나이티드에서 활약했던 박지성의 별명은 언성 히어로.

그런데 조선 시대의 인물처럼 보이는 남자가 박지성을 언급하는 데다가, 언성 히어로라는 영어 표현까지 쓸 줄이야.

그때, 남자가 잠시 멈췄던 걸음을 다시 옮기기 시작했다.

"나는 조선 제일의 성군을 지키고 섬겼던 무인이었다."

*　　　　　*　　　　　*

"학생, 괜찮아? 일어날 수 있겠어?"

내 귓속으로 우려 섞인 목소리가 들려왔다.

그렇지만 난 무시했다. 당연히 내게 던지는 말이 아니라고 판단해서였다.

그렇지만 등을 어루만지는 손의 감각을 느낀 후에야 아까 주인아주머니가 던진 우려 섞인 목소리가 날 향한 것임을 알아챘다.

'아, 나 대학생이지.'

내가 회귀자란 사실을 새삼 깨달으며 한숨을 내쉬었다.

조금 전에 내게 생겼던 일이 꿈처럼 느껴졌다.

그렇지만 난 꿈이 아님을 알고 있다.

꿈속이라기엔 끔찍이도 지독했던 고통이 너무 생생했으니까.

'다시 돌아왔네.'

포장마차 주인아주머니가 내게 걱정스러운 시선을 던지는 것이 보였다.

"학생, 이제 정신이 들어?"

"네? 네."

"술도 못 마시면서 왜 혼자 술을 마시고 그래?"

주인아주머니가 내게 핀잔을 주었다.

'제가 이래 봬도 한때 충무로의 술꾼이라 불렸던 사람입니다.'

억울한 마음에 항변하려 했던 내가 도중에 입을 다물었다.

포장마차에 들어선 후, 내가 마신 술이 소주 한 잔이 전부라는 사실을 뒤늦게 확인했기 때문이었다. 그리고 딱 소주 한 잔만 마신 후 탁자에 머리를 처박고 잠들어 버렸으니, 주인아주머니 입장에선 이렇게 오해할 만했다.

"얼마죠?"

술과 안주가 그대로 남아 있었지만 난 미련 없이 일어섰다.

지금 여기서 술을 마시고 있을 때가 아니란 생각이 들어서였다.

'생각할 시간이 필요해.'

오늘 내게 벌어진 예기치 못한 여러 가지 일들에 대해서 정리할 시간이 필요했다.

*　　　*　　　*

"다녀왔습니다."

딸깍.

집에 돌아오자마자, 방문부터 잠궜다.

"무휼… 이야."

택시를 타고 집으로 오는 길에 한반도의 이름 없는 영웅의 정체에 대해서 고민했다.

"나는 조선 제일의 성군을 지키고 섬겼던 무인이었다."

내가 주목한 것은 그가 떠나기 전 남긴 말이었다.

그 말은 그의 정체를 추측할 수 있는 중요한 힌트였기 때문이었다.

'조선 제일의 성군은 세종, 그를 지키고 섬겼던 호위무사는 조선제일검이라 알려졌던 무휼이야.'

그 힌트를 통해서 난 한반도의 이름 없는 영웅이 세종 이도의 호위무사였던 조선제일검 무휼이란 결론을 내렸다.

'태극일원공.'

잠시 후, 난 무휼이 전수해 준 무공을 떠올렸다.

무려 조선제일검이었던 무휼이 전수해 준 무공인 만큼, 태극일원공이 절대 범상치 않은 무공이란 것은 짐작할 수 있었다.

"태극일원공이 날 지켜 줄 거라고 했어. 유일한 구명줄이나 다름없으니 태극일원공을 익히는 데 부족함이 없어야 한다고도 말했고."

태극일원공을 전수한 후, 무휼이 건넸던 말을 떠올리던 내가 고개를 갸웃했다.

"대체 누구에게서 날 지켜 준다는 거야?"

지금 내 주변에는 뚜렷한 적이 없었다.

그래서 신상에 딱히 위험을 느끼지 않았다.

하지만 한반도의 이름 없는 영웅인 무휼의 의견은 달랐다.

그는 내가 머잖아 신변의 위협에 처할 것이라고 예언했다.

"원래 모난 돌은 정을 맞는 법이니까."

무휼의 의견을 한 귀로 듣고 한 귀로 흘릴 수는 없었다.

정체 모를 위험이 존재한다면, 미리 대비할 필요가 있었다.

'건강에도 좋을 테니까.'

그렇지 않아도 지난 생에 췌장암에 걸려서 죽음을 맞이했던 것이 계속 마음에 걸렸던 참이었다.

그런데 무휼이 전수해 준 태극일원공을 갈고닦는다면 무병장수할 수 있을 거란 생각이 들었다.

손해 볼 것은 없다는 생각에 내가 가부좌를 틀고 앉았다.

"내가 네 몸에 씨앗을 심었다. 그 씨앗이 태극일원공의 시발점이 될 것이다. 쉽게 말해 주식 투자의 종잣돈이라고 생각하면 된다."

조선제일검 무휼의 설명은 적절한 비유 덕분에 이해하기 쉬웠다.

'대체 조선 시대 사람이 주식 투자는 어떻게 아는 거야?'

이런 의문이 깃들었지만, 난 곧 털어 버렸다.

맨체스터 유나이티드에서 언성 히어로로 활약한 박지송도 알고 있는데, 주식 투자를 모르는 것이 오히려 더 이상한 일이기 때문이었다.

'계속 지켜봤나 보지.'

무휼은 오래전에 죽은 자.

육신은 사라졌지만, 영혼은 살아남아 한반도의 정세를 꾸준히 지켜보았을 거라고 난 짐작했다.

어쨌든 무휼의 말은 사실이었다.

두 눈을 감은 채 집중하자, 배 속에서 희미한 열기가 느껴졌다.

이 열기가 무휼이 언급했던 씨앗임을 직감한 내가 그 씨앗을 움직였다.

'순서는… 확실히 기억나.'

몸으로 배우는 것만큼 확실한 것이 없다는 말이 맞았다.

정확한 혈의 명칭은 몰랐지만, 그 혈의 위치와 어떤 순서로 배 속에 새로 생긴 씨앗을 움직여야 하는가는 기억이 났다.

'움직… 인다.'

씨앗이 내 의지에 감응해서 움직이기 시작했고, 그 후로는 일사천리였다.

정신을 집중한 채 일주천을 마친 후에도 난 멈추지 않았다.

그렇게 몇 차례나 일주천을 마치고 난 후에야 내가 감고 있던 눈을 떴다.

'날 샜네.'

창문을 통해 희미한 빛이 새어 들어오고 있었다.

그런데 태극일원공의 구결대로 진기를 운용하느라 밤을 꼬박 샜음에도 불구하고, 피로감은 전혀 느껴지지 않았다.

오히려 잠을 푹 잤을 때보다 몸이 더 개운했다.

'확실히 효과가 있어.'

난 만족감을 느끼며 서둘러 창문을 열고 욕실로 달려갔다.

저절로 미간이 찌푸려질 정도로 지독한 악취가 몸에서 풍겼기 때문이었다.

*   *   *

문화 콘텐츠의 변화와 이해.

이태리가 교양 과목을 듣기 위해서 강의실에 도착하자마자, 가장 먼저 한 일은 서진우를 찾는 것이었다.

'아직 안 왔네.'

서진우의 모습이 보이지 않는다는 사실을 확인한 이태리가 가장 뒷자리에 앉았다.

"이런 경우는 머리털 나고 처음이야."

잠시 후 이태리가 혼잣말을 꺼냈다.

서진우에게 함께 영화 보러 가자고 데이트 신청을 했다가 거절당했을 때, 이태리는 큰 충격을 받았었다.

자신의 데이트 신청을 거절하는 남자가 있을 거라고는 상상도 못 했기 때문이었다.

그 충격은 얼마 지나지 않아서 분노로 바뀌었다.

'텔 미 에브리씽'이라는 영화를 보자는 자신의 제안을 이미 봤다는 이유로 거절했던 서진우가 채수빈 가족과 함께 영화를 보고 나오는 장면을 목격했기 때문이었다.

그러나 현장에서 딱 들켰음에도 서진우는 당당했다. 그리고 서진우에 대한 분노는 이내 사그라들었다.

"영화, 재밌었어?"

"그럭저럭 재밌게 봤어."

"다시 봐도 재밌었나 보지?"

"응. 워낙 잘 만든 영화거든."

"아, 그러셨어요? 두 번 봐도 재밌는 영화를 대체 누가 만들었을까?"

"내가 만들었어."

그날 극장에서 나누었던 대화.

서진우는 '텔 미 에브리씽'을 자신이 만들었다고 대답했다.

그 대답을 듣고서 코웃음을 쳤다.

당연히 농담이라고 여겼기 때문이었다.

그런데 서진우는 농담을 한 것이 아니었다.

그리고 '텔 미 에브리씽'이라는 흥행작을 제작한 것이 진짜 서진우란 사실은 치밀던 분노를 경탄으로 바꾸기에 충분했다.

또, 그게 다가 아니었다.

'밸류에셋' 대표인 채동욱과의 식사 자리에서 대화를 주도해 나가던 서진우의 모습은… 당당하고 멋있었다.

"대체 정체가 뭐야?"

서진우에 대한 호기심과 호감이 더 커진 이태리가 두 눈을 빛냈을 때였다.

"그 남자, 오늘 왜 안 온 거야?"

"백마 탄 왕자님도 이 수업 듣는 것 맞아?"

"왜? 왜 안 오는 건데? 그 신입생 때문에 일부러 이 교양 수업으로 바꿨는데."

"수업 끝나기 전에는 오겠지."

교수가 들어오고 교양 수업이 시작되기 직전, 강의실 여학생들이 아쉬운 표정으로 수군거리는 소리가 들려왔다.

서진우가 교양 수업에 출석하지 않는 것에 대한 아쉬움을 드러내는 것이었다.

이태리 역시 진한 아쉬움을 느꼈지만, 이내 전의를 불태웠다.

'흥, 너희들이 아무리 애써 봐야 소용없어. 서진우는 내 남자 친구가 될 테니까.'

* * *

과감하게 수업을 쨀 내가 찾아간 곳은 인천이었다.

물류 센터로 찾아간 내가 만난 사람은 조보안의 아버지 조
길성이었다.

"처음 뵙겠습니다. 아침에 연락드렸던 서진우입니다."

작업복을 걸친 조길성에게 우선 명함부터 건넸다.

현재 내가 가진 명함은 총 세 장.

그중 내가 건넨 것은 JK미디어 이사 직함에 내 이름이 적혀
있는 명함이었다.

"젊은 나이에… 대단하시네요."

그리고 이사 직함은 위력이 있었다.

조길성이 날 바라보는 눈빛이 명함을 확인한 후에 달라져
있었으니까.

"그런데 무슨 일 때문에 절 찾아오셨습니까?"

"따님 문제로 상의 드릴 일이 있어서입니다."

"우리 보안이를 아십니까?"

"네, 몇 번 만났습니다."

"……?"

"미래 스타 발굴 프로젝트라는 오디션에 참가해서 우승을
차지했다고 자랑하더군요. 그래서 상금도 받았고, 히트 뮤직
과 전속 계약을 맺고 정식으로 가수가 될 준비를 시작했다고
도 말했고요. 모두 맞습니까?"

내가 조보안의 현 상황에 대해 정확히 알고 있다는 사실로
인해 놀란 기색인 조길성이 대답했다.

"네, 맞습니다."

"아주 큰 실수하신 겁니다."

내가 실수했다고 말하자, 조길성이 당황한 기색을 드러냈다.

"무슨 실수를 했다는 겁니까?"

"히트 뮤직과 작성한 전속 계약서, 제가 보안이에게 들었던 바로는 노예 계약이나 다름없습니다."

조보안이 히트 뮤직과 체결한 전속 계약이 노예 계약이나 다름없단 자극적인 표현을 들은 조길성의 낯빛이 창백하게 질렸다.

"그게… 사실입니까?"

"네, 유감스럽게도 사실입니다. 이대로라면 조보안이라는 아까운 인재는 세상에 선을 보일 기회조차 없을 겁니다. 그리고 설령 운 좋게 데뷔한다고 하더라도 가수로서 성공할 확률은 희박하죠."

"그럼 이제 어떻게 해야 합니까?"

"곤경에 처한 보안이를 구할 방법을 찾아봐야죠."

"어떻게 말입니까?"

"법적으로 대응하는 게 최선입니다."

내가 법적 대응을 언급하자, 가뜩이나 창백하던 조길성의 낯빛이 백지장처럼 하얗게 질렸다.

'법이란 게 무서울 테니까.'

일반인에게 법은 아주 무섭게 느껴지는 존재였다.

조길성 역시 마찬가지일 터.

그가 두려움을 느꼈으니, 이제 안심시켜 줄 차례였다.

"법적 대응이라고 해서 너무 걱정하실 필요는 없습니다. 제가 도와드릴 테니까요."

"어떻게 돕는단 말입니까?"

"제가 한국대학교 법학과에 다니고 있습니다."

한국대학교 법학과라는 간판이 다시 한번 빛을 발했다.

날 바라보는 조길성의 눈빛이 또 한 번 바뀐 순간, 기회를 놓치지 않고 말을 이었다.

"저와 친분이 있는 선배님들이 법조계에 몸담고 있습니다. 그분들에게 법적 대응을 부탁할 예정입니다."

"그게… 정말입니까?"

"물론입니다."

"하지만 비용이 많이 들 텐데."

조길성이 잠시 고민한 후 덧붙였다.

"그냥 제가 직접 만나서 해결해 보겠습니다."

변호사 비용이 많이 들 것을 우려한 조길성은 히트 뮤직 대표인 송준섭을 직접 만나서 해결해 보겠다는 의지를 피력했다.

'그건 안 되지.'

조길성이 찾아간다면 송준섭은 내 존재를 알게 된다.

그것은 절대 있어서는 안 될 일이다.

가장 무서운 적은 눈에 보이지 않는 적이니까.

눈앞에서 잃어버릴 위기에 처한 '아시아의 별'을 되찾기 위해서는 히트 뮤직 대표인 송준섭이 내 존재를 알아채서는 안 됐다.

그리고 송준섭의 뒤에 있는 누군가도 마찬가지다.

"변호사 비용 때문이라면 걱정하실 필요 없습니다. 법적 대응에 필요한 제반 비용은 모두 JK미디어에서 부담할 테니까요."

"정말 그렇게 해 주시는 겁니까?"

"네."

내가 힘주어 대답했지만, 조길성의 표정은 밝아지지 않았다.

세상에 공짜는 없고, 이유 없이 호의를 베푸는 사람을 경계해야 한다는 사실을 알기 때문이리라.

그래서 난 호의를 베푸는 이유를 밝혔다.

"제가 보안이를 무척 아끼고 있습니다. 끼와 재능을 갖추고 있는 보안이를 최고의 가수로 키워 보고 싶습니다."

"……?"

"그러기 위해서는 일단 히트 뮤직과 보안이가 맺었던 전속 계약을 해지할 방법을 찾아내야 합니다."

조길성을 만난 나의 다음 목적지는 강남이었다.

'밸류에셋' 본사로 들어선 난 안내 데스크로 직행했다.

"채동욱 대표님을 만나러 왔습니다."

"약속은 돼 있으십니까?"

"네, 미리 연락드렸습니다. 서진우가 찾아왔다고 전해 주시면 됩니다."

'변종 회귀자라.'

엘리베이터를 타고 대표 이사실로 향하던 내가 떠올린 것은 '변종 회귀자'라는 생소하기 짝이 없는 단어였다.

회귀자라는 단어도 생소했다.

그런데 '변종 회귀자'라는 단어는 더욱 생소하게 느껴졌다.

'그럼 신은하와 심대평은… 일반 회귀자라고 불러야겠구나.'

회귀자의 고백을 듣기 전이었던 지난 생의 나는 아예 회귀자들의 존재 자체를 알지 못했었다.

그런데 이번 생은 달랐다.

신은하, 그리고 심대평.

이미 두 명의 회귀자를 만났을 뿐만 아니라, 더 많은 회귀자들이 세상에 암약하고 있다는 사실도 알고 있었다.

게다가 '일반 회귀자'와는 또 다른 '변종 회귀자'의 존재도 알게 됐다.

—변종 회귀자가 세상의 균형을 해칠 수 있을 정도로 지나친 간섭 행위를 한 탓에 경고와 페널티를 받았습니다.

알림 메시지가 눈앞에 떠오르며 '변종 회귀자'라는 생소한 단어를 처음 알고 난 후, 난 크게 당황했었다.

하지만 이제는 아니다.

'일반 회귀자'와는 다른 '변종 회귀자'라고 불리는 이유를 어느 정도 간파했기 때문이다.

'내가 바로… 변종 회귀자야.'

—당신은 변종 회귀자의 존재를 간파했습니다. 그에 대한 보상이 주어집니다.

회귀자의 고백을 들은 보상으로 회귀를 하는 케이스.

요정의 말로는 무척 희귀한 케이스라고 했다. 그리고 이런 희귀한 케이스는 일반 회귀자와는 달랐다.

그래서 변종 회귀자라고 지칭하는 것이리라.

'나 같은 변종 회귀자가… 또 있어.'

아직 나와 같은 케이스인 변종 회귀자의 정체까지는 파악하지 못한 상태였다.

그러나 변종 회귀자의 정체를 파악할 수 있는 단서는 존재했다.

바로 그가 세상의 균형을 무너뜨릴 위험이 있는 지나친 간섭 행위를 한 탓에 경고와 페널티를 받았다는 사실이었다.

'알림 메시지에 떠올랐던 변종 회귀자의 세상에 대한 지나친 간섭 행위가 대체 뭘까?'

일단 이걸 알아보는 것이 급선무란 생각이 들었다.

그래서 난 최근 일주일 치 신문들을 모조리 구해서 살폈다.

국내 정세뿐만 아니라 국제 정세까지.

단신까지 놓치지 않고 신중하고 꼼꼼하게 살핀 후에 내가 내린 결론은 특이점이 없다는 것이었다.

확 눈에 띌 정도로 특이한 변화가 없다는 것을 깨닫고 난 후, 내가 떠올린 것은 조보안이었다.

'아시아의 별'인 조보안은 장차 한류 열풍을 일으키는 주역이 된다.

특히 일본에서 인기는 엄청났다.

그런데 히트 뮤직과 조보안이 전속 계약을 맺으면서 내가 알던 미래가 바뀔 가능성이 높아졌다.

히트 뮤직과 CM엔터테인먼트.

달빛과 반딧불이란 표현이 어울릴 정도로 규모에서 차이가 났다.

그러니 히트 뮤직과 전속 계약을 맺은 조보안이 '아시아의 별'이 될 가능성?

무척 희박했다.

그리고 조보안을 발굴, 아니, 선점한 것.

내가 지금까지 알아본 바로는 히트 뮤직 대표인 송준섭이 주도한 것이 아니었다.

송준섭의 뒤에는 플랜비 인베스트먼트라는 투자사가 존재했다. 그리고 플랜비 인베스트먼트는 일본계 투자사였다.

'조보안을 선점해서 세상에 대한 지나친 간섭을 한 대가로 경고와 페널티를 받은 변종 회귀자는 일본인일 가능성이 높아.'

한류 열풍의 불을 지핀 '아시아의 별' 조보안.

만약 그녀의 데뷔를 막아 버린다면 일본에서 시작한 한류 열풍의 미래는 확 바뀔 가능성이 높았다.

어쩌면 한류 열풍이 아예 일어나지 않을 수도 있었고.

'그걸 노린 게 아닐까?'

이런 미래를 알고 있는 일본인 변종 회귀자가 히트 뮤직 송준섭 대표를 이용해서 조보안의 앞날을 망치게 하는 시도를 했다는 것이 가장 가능성이 높은 시나리오였다.

그리고 내가 채동욱을 만나기 위해서 찾아온 이유는 아직 베일에 싸여 있는 일본인 변종 회귀자의 정체를 파악하기 위함이었다.

　　　　*　　　　*　　　　*

'지피지기면 백전불태.'

내가 손자병법에 등장하는 전략을 떠올렸을 때였다.

"서 선생, 회사에서 보니 더 반갑군."

채동욱은 대표 이사실로 들어선 날 반갑게 맞아 주었다.

"갑자기 불쑥 찾아와서 죄송합니다."

"다른 사람은 몰라도 서 선생은 언제 찾아와도 괜찮아. 자, 앉아서 얘기하지. 차는 뭘로 할 텐가?"

"차는 괜찮습니다."

"어지간히 마음이 급한가 보군."

내 표정을 살피던 채동욱이 싱긋 웃으며 책상 서랍에서 서류철을 꺼낸 후 소파 상석에 앉았다.

"서 선생이 부탁한 플랜비 인베스트먼트에 대한 자료는 준비해 뒀네."

"감사합니다."

채동욱이 앞으로 내밀고 있는 서류철을 건네받은 내가 재빨리 살폈다.

'마쯔비시 상사?'

그런 내가 주목한 것은 마쯔비시 상사였다.

자료에 적힌 대로라면 플랜비 인베스트먼트의 지분을 90% 이상 보유하고 있는 것이 마쯔비시 상사라는 일본 기업이었다.

"대표님, 마쯔비시 상사는 어떤 회사입니까?"

"약 십 년 전에 설립됐고, 주력은 전자 사업이야. M&A를 통해서 빠르게 확장하고 있는 중인 기업이어서 나도 주시하고 있었지."

채동욱의 대답을 들은 내가 기억을 더듬었다.

그렇지만 마쯔비시 상사라는 이름을 들어 본 기억은 없었다.

'변종 회귀자가 세운 기업이야.'

내가 레볼루션 필름을 세운 것과 마찬가지로 일본인 변종 회귀자 역시 회사를 설립했을 가능성이 높았다. 그리고 그가 세운 회사가 마쯔비시 상사일 가능성이 높다고 판단한 내가 물었다.

"마쯔비시 상사의 대표 이사는 누구입니까?"

"이토 겐지라는 자야."

'이토 겐지.'

내가 그 이름을 잊지 않기 위해서 속으로 되뇔 때 채동욱이 물었다.

"그런데 서 선생은 왜 마쯔비시 상사에 그리 관심을 갖는 건가?"

이미 예상했던 질문.

그래서 준비한 대답을 꺼냈다.

"'블루윈드' 다음으로 투자할 회사로 점찍었기 때문입니다."

마쯔비시 상사에 투자할 의향?

물론 있다.

내 짐작이 틀리지 않다면 마쯔비시 상사의 대표인 이토 겐지는 변종 회귀자.

그 역시 미래를 알고 있었고, 그런 이토 겐지가 설립하고 이끌고 있는 마쯔비시 상사는 앞으로도 쭉 승승장구할 가능성이 무척 높기 때문이다.

내가 채동욱에게 마쯔비시 상사를 투자 종목으로 추천한 것은 그런 이유 때문이다.

'정보 제공에 대한 대가.'

난 공짜를 싫어한다.

공짜를 좋아하면 뒤탈이 난다는 사실을 지난 생의 경험을 통해서 깨달아서였다.

이 정도면 채동욱이 플랜비 인베스트먼트에 대한 조사를 해서 정보를 알려 준 것에 대한 보답은 충분히 한 셈이라 판단하며 내가 다음으로 찾아간 것은 이청솔 차장 검사였다.

"선배님, 영전 축하드립니다."

부장 검사에서 차장 검사로 승진한 이청솔에게 내가 축하 인사를 건넸다.

"후배 덕분이지. 신세 진 것은 잊지 않겠네."

이청솔이 웃으며 덧붙였다.

"참, 영화 티켓 보내 준 것도 고맙네. 덕분에 와이프에게 점수 좀 땄거든."

"별것 아닙니다."

"그래, 오늘은 무슨 용건 때문에 날 만나러 왔나?"

"부탁드릴 게 있어서 찾아왔습니다."

"말해 봐."

"히트 뮤직이란 음반 제작사에 대해서 조사를 좀 부탁드립니다."

내가 꺼낸 부탁의 내용을 들은 이청솔이 흥미를 드러냈다.

"혹시 음반 제작 쪽 일도 하는 건가?"

"네, 얼마 전에 새로 시작했습니다."

"후배는 만날 때마다 날 놀래키는군."

고개를 절레절레 내젓던 이청솔이 다시 물었다.

"이번엔 소스가 뭔가?"

"노예 계약입니다. 이걸 보시죠."

내가 이청솔에게 미리 준비해 온 계약서 사본을 건넸다.

그 계약서 사본을 살핀 후, 이청솔이 말했다.

"음반 제작사들과 가수들 사이에 불공정한 계약 조건으로 인해 분쟁이 자주 일어난다는 이야기는 들었지만… 이건 너무 심한 편이군."

히트 뮤직과 조보안이 체결한 전속 계약서를 살피던 이청솔이 분노했다.

"일종의 관행처럼 굳어진 문제죠."

"후배가 이번 일에 나서는 것, 정의감 때문인가? 아니면, 다른 이유가 있는 건가?"

이청솔은 바로 핵심을 찌르는 질문을 던져왔다.

"둘 다입니다. 굳이 우선순위를 꼽자면, 그 전속 계약서를 작성한 조보안이라는 소녀를 돕고 싶습니다."

"순수한 마음으로 돕고 싶다는 건가?"

"그럴 리는 없죠."

내가 웃으며 대답한 후 새 명함을 건넸다.

"JK미디어 이사 서진우?"

"불공정한 전속 계약서를 작성하고 궁지에 몰린 어린 소녀 조보안을 구해서 우리 회사로 영입하고 싶습니다."

"11살밖에 안 된 어린 소녀에게 집착하는 이유가 있나?"

장차 '아시아의 별'이 될 소녀거든요.

속으로 대답하며 입으로는 다른 대답을 꺼냈다.

"천부적인 끼와 재능을 발견했기 때문입니다."

"그래? 그럼 내가 해 줘야 할 일은 뭔가?"

"히트 뮤직 대표인 송준섭에 대해서 조사해 주십시오. 조사를 하다 보면 곧 나오겠지만, 히트 뮤직의 전신인 베스트 뮤직 대표였을 당시 송준섭은 공금 횡령 혐의로 처벌을 받은 적이 있습니다. 공금에까지 손댔던 걸 보니 아무래도 급전이 필요했던 것 같은데… 어떤 이유가 있지 않겠습니까?"

"도박, 아니면 약이겠군."

"둘 중 어느 쪽이든 실적을 올릴 수 있지 않겠습니까?"

내가 말했지만, 이청솔은 만족한 기색이 아니었다.

그 반응을 확인한 내가 다시 입을 뗐다.

"너무 사이즈가 작은 사건이라고 생각하시겠지만… 사건의 사이즈야 키우면 되지 않겠습니까?"

"사이즈를 키운다?"

"음반 제작사와 가수 사이에 불공정한 전속 계약을 맺는 것, 아까도 말했듯이 관행입니다. 잘못된 관행이죠. 이번 일을 잘 키우면 그 잘못된 관행을 뿌리 뽑을 수 있는 계기로 삼을 수도 있지 않겠습니까?"

이청솔은 역시 눈치가 빠른 편이었다.

내 이야기를 듣고서 금세 머릿속으로 새로운 그림을 그려 낸 후 물었다.

"이슈가 될까?"

"분명히 이슈가 될 겁니다. 팬덤은 무시할 수 없거든요."

"한번 해 보지."

이청솔이 내 부탁을 수락한 순간, 내가 다시 입을 뗐다.

"한 가지 부탁이 더 있습니다."

"또 어떤 부탁인가?"

"실력 있고 한가한 변호사를 소개해 주십시오."

"응? 이건 아주 어려운 부탁이구먼."

이청솔이 난감한 표정을 지었다.

실력 있는 변호사는 바쁘다. 그리고 한가한 변호사는 실력이 없다.

그래서 실력이 있으면서도 한가한 변호사는 드물다.

그 사실을 잘 알고 있기에 이청솔이 들어주기 어려운 부탁이라고 반응했던 것이었다.

의자에 등을 묻고 팔짱을 낀 채 한참을 고민하던 이청솔이 누군가 떠오른 듯 입을 뗐다.

"천태범이라고 검사 출신 변호사가 있어. 실력은 있는데, 변호사 개업한 후에 고전하는 중이라는 소문을 들었어."

"실력은 있는데 왜 변호사 개업 후에 고전하는 중인 겁니까?"

"너무 고지식했거든. 그래서 절대 건드려서는 안 될 상대를 건드렸어."

"건드려서는 안 될 상대라면… 구룡그룹 말입니까?"

"맞아. 구룡그룹 비자금을 조사하다가 유명석 회장의 미움을 샀지. 그리고 구룡그룹의 입김이 미치지 않는 곳이 대한민국에는 거의 없지. 변호사 개업 후에도 월세 걱정을 하고 있을 정도이니 더 말할 것도 없지."

이청솔의 설명을 듣고 나니, 천태범 변호사에게 호기심이 생긴다.

"어디로 가면 그분을 만날 수 있습니까?"

"이리로 찾아가면 돼."

이청솔이 내게 천태범의 명함을 건네주었다. 그리고 작별 인사를 나누던 이청솔이 내게 당부의 말을 꺼냈다.

"참, 내가 소개했단 말은 하지 마. 그럼 문전박대 당할 수도 있으니까."

*　　　*　　　*

천태범 변호사 사무실.

깍두기 머리를 한 사십대 중반의 남자를 상대하던 천태범 이 눈살을 찌푸렸다.

"책임지고 집행 유예 받아 내. 혹시라도 일이 잘못돼서 실형을 살게 되면… 당신은 내 손에 뒈지는 거야."

깍두기 머리를 한 사내가 협박한 순간, 천태범이 깊은 한숨 을 내쉬었다.

협박에 겁을 집어먹어서가 아니었다.

'어쩌다 이런 한심한 새끼들의 변호까지 맡게 된 걸까?'

이런 자괴감이 들어서였다.

'인생 제대로 꼬였네.'

건달 새끼들 변호까지 맡는다는 것.

변호사로서 가장 밑바닥까지 떨어졌다는 증거였다.

그래서 천태범이 재차 한숨을 내쉬었을 때였다.

"우리 변호사님, 파이팅이 안 생기나 보네."

깍두기 머리가 안주머니로 손을 집어넣어 뭔가를 꺼냈다.

칼이라도 꺼내는 게 아닐까 걱정했는데.

그가 꺼낸 것은 사진이었다.

아내와 딸이 손을 잡고 어린이집으로 향하는 모습이 찍혀 있는 사진을 확인한 천태범의 관자놀이 힘줄이 불거졌을 때였다.

"딸내미가 와이프 닮아서 아주 귀엽더라고. 귀여운 딸내미를 별 탈 없이 키우려면 수단과 방법을 가리지 않고 동원해서 집행 유예 받아 내라고."

성질 같아서는 저 밉살맞은 사각턱에 주먹 한 방 세게 꽂아 넣고 쫓아내 버리고 싶다.

그렇지만 사무실 월세를 비롯해서 생활비까지.

돈 때문에 꾹 참고 있을 때였다.

"에이, 번지수 잘못 찾으셨네."

낯선 목소리가 들려왔다.

그 목소리가 들려온 방향으로 고개를 돌리자 십 대 후반 정도로 보이는 앳된 남자의 얼굴이 보였다.

"누구……?"

천태범이 질문을 마치기도 전에 앳된 남자는 깍두기 머리를 향해 다시 입을 뗐다.

"구룡그룹은 알죠?"

"당연히 알지. 대한민국에서 구룡그룹 모르면 간첩 아냐?"

"그럼 구룡그룹의 영향력이 막강하다는 것도 알겠네요. 그 대단한 구룡그룹 회장 유명석을 검거하려고 시도했던 검사가 누군지도 알아요?"

"몰라. 누군데?"

"지금 만나고 있는 분요."

"너?"

"저 말고요."

"그럼… 천 변호사?"

"정답입니다. 천태범 변호사님이 검사 생활하던 시절에 구룡그룹 유명석 회장을 비자금 조성 혐의로 법정에 세우고 구속까지 시키려 했던 장본인입니다."

"그게 정말이야?"

"제가 거짓말할 이유가 있을까요?"

"없지. 이야, 이 얘기 듣고 나니까 우리 천 변호사가 갑자기 달라 보이네. 내가 변호사를 잘 선택했네. 역시 내가 사람 보는 눈이 있어."

깍두기 머리가 새삼스러운 시선을 던질 때, 앳된 사내가 다시 말했다.

"반대인 것 같은데요."

"응?"

"사람 보는 눈이 없단 뜻이죠."

"무슨 뜻이야?"

"구룡그룹 유명석 회장이 구속됐습니까?"

"안 됐지. 어제도 뉴스에 나와서 뭐라 뭐라 씨부리는 것 봤는데."

"그럼 천태범 변호사님이 왜 검사복 벗고 변호사 옷을 입고 있는지 짐작이 가시겠네요.'

"주제도 모르고 유명석이 구속시킨다고 박박 기어오르다가 잘렸구나."

"이야, 건달치고는 머리가 좋으시네요."

"내가 이래봬도 우리 쪽에선 엘리트야."

"엘리트까지는 아닌 것 같고요. 천태범 씨에게 본인 변호 맡기려는 게 엘리트가 아니라는 증거죠."

"응?"

"구룡그룹 장학생 중에 판사들이 쫙 깔렸습니다. 구룡그룹 돈으로 공부하고 판사가 됐는데 구룡그룹 유명석 회장을 구속시키겠다고 날뛰었던 천태범 변호사가 수임한 사건에 공정한 판결을 내릴까요? 내가 봐서는 아닐 것 같은데. 오히려 보복한다고 더 불리한 판결을 내릴 것 같은데, 그쪽 생각은 어때요?"

"이 새끼, 겁나 똑똑하네. 진짜 엘리트는 여기 있었네. 고맙다. 네 덕분에 변호사 비용 날릴 뻔한 것 굳었다."

깍두기 머리가 미련 없이 일어나서 떠났다.

둘만 남겨진 순간, 천태범이 앳된 사내에게 물었다.

"너, 뭐야?"

앳된 사내가 대답했다.

"유능한 변호사의 도움이 필요해서 찾아온 고객이죠."

*   *   *

"선배님, 힘드시죠?"

앳된 사내가 소파에 앉으며 꺼낸 첫마디는 천태범의 예상과는 많이 달랐다.

"선배님?"

"한국대학교 법학과 졸업하셨잖습니까? 저도 한국대학교 법학과 다니고 있습니다. 그러니 선배님이시죠."

앳된 남자는 한국대학교 학생증까지 꺼내서 보여 주었다.

'이름은 서진우, 한국대학교 법학과 학생이 맞긴 하네.'

학생증을 확인했음에도 천태범의 굳어진 표정은 풀리지 않았다.

비록 내키지 않는 고객이었지만, 깍두기 머리 역시 엄연한 고객.

그런데 서진우가 등장해서 헛소리를 늘어놓는 바람에 오래간만에 사건을 수임할 기회를 놓쳐 버렸기 때문이었다.

"아까 왜 거짓말을 한 거지?"

깍두기 머리가 속아 넘어갔을 정도로 서진우가 했던 이야기는 그럴듯했다.

하지만 실상은 허점투성이였다.

구룡그룹 장학생이 법조계에 몸담고 있기는 했지만, 극히 일부였다.

그러니 천태범이 수임한 사건이 구룡그룹 장학생 출신 판사에게 배당될 확률은 무척 낮았다.

그리고 설령 구룡그룹 장학생 출신 판사에게 사건이 배당된다고 하더라도 일부러 불리한 판결을 내리지는 않았다.

자신의 검사복을 벗긴 것으로 유명석은 이미 만족했으니까.

"독점욕… 이라고 할까요?"

그때 서진우가 대답했다.

"무슨 뜻이야?"

"기왕이면 선배님께서 제 사건에 더 집중해 주셨으면 하는 바람을 갖고 있거든요."

"날 깍듯이 선배라고 부르니까 나도 후배라고 부르지. 이봐, 후배. 여기서 이러지 말고 딴 사람 찾아가. 실력 좋은 선배들은 널려 있으니까."

"그건 안 됩니다."

"왜 안 된다는 거야?"

"실력 좋은 선배들은 많지만, 다들 바쁘시더라고요. 실력이 좋으면서 한가한 분은 선배님이 유일했습니다."

'이 얘길 듣고 웃어야 해? 울어야 해?'

천태범이 난감한 표정을 지었을 때였다.

"이번 사건 잘 처리해 주시면 앞으로 월세 걱정은 안 하셔도 될 겁니다."

서진우가 확신에 찬 목소리로 말했다.

"후배, 여기 월세가 얼만지는 알고 그런 말을 하는 거야?"

"삼백 정도 된다고 알고 있는데요."

'알고 있다? 그런데도 월세 걱정을 안 해도 된다고 말했다?'

천태범의 표정이 확 바뀌었을 때, 서진우가 덧붙였다.

"그리고 건달들 변호 맡는 것보다는 훨씬 보람찰 겁니다."

*　　　　*　　　　*

'내가 변호인이다.'

천태범을 만난 순간, 내가 머릿속으로 떠올린 영화였다.

절대 건드려서는 안 되는, 일종의 금기나 다름없는 권력에 맞서 싸우다가 검사복을 벗은 천태범의 모습은 '내가 변호인이다'의 주인공과 비슷했다.

그리고 '내가 변호인이다'라는 영화가 떠오른 덕분에 난 천태범을 설득할 방법을 찾았다.

"선배님의 전문 분야는 무엇입니까?"

"내 전문 분야는……."

내 질문에 천태범은 말문이 막혔는지 바로 대답하지 못했다.

"세무 전문 변호사, 회계 전문 변호사, M&A 전문 변호사 등등, 변호사들도 이런 전문 분야가 하나씩은 있지 않습니까? 선배님의 전문 분야는 어느 쪽인가를 물은 겁니다."

"…없어."

"네?"

"전문 분야가 있었으면 월세 걱정하고 있지는 않겠지."

천태범이 씁쓸한 표정으로 대답하는 것을 들은 내가 두 눈을 빛냈다.

"그럼 지금부터라도 전문 분야를 하나 만드시죠."

"어떻게 말이야?"

"이 계약서를 한번 살펴보시죠."

내가 준비해 간 히트 뮤직과 조보안이 맺은 전속 계약서 사본을 건넸다.

그 전속 계약서 사본을 살피던 천태범의 미간이 찌푸려졌다.

'열받았네.'

평검사 시절, 온갖 압력에도 굴하지 않고 막강한 권력자인 구룡그룹 유명석 회장을 법정에 세우겠다고 고군분투했을 정도로 천태범은 정의감이 철철 넘치는 성격이었다.

그래서 조보안에게 일방적으로 불리한 조항들로 가득한 전속 계약서 사본을 확인한 후 분노한 것이었다.

"이건… 좀 아니지."

"그럼 선배님이 바로잡아 주시죠."

"응?"

"지금 대한민국 연예계의 전속 계약서는 일부 톱스타를 제외하고 거의 대부분 이렇게 불공정한 조건입니다."

"연예인들은 머리가 전부 새대가리야? 대체 왜 이렇게 불공정한 조건의 계약서에 사인을 하는 거야?"

"스타가 되고 싶으니까요."

"응?"

"그리고 스타가 되려면 데뷔를 해야 합니다. 그 데뷔 기회를 잡기 위해서는 이렇게 불공정한 조건의 계약서에 사인을 하는 것 외에 다른 방법이 거의 없기 때문에 눈물을 머금고 사인하는 겁니다."

"시스템의 문제란 뜻이군."

"그렇습니다. 이 잘못된 시스템을 한번 바로잡아 보시지 않겠습니까?"

"나더러 연예계 쪽 일을 하라고?"

"건달들 변호 맡는 것보다는 더 보람차지 않겠습니까?"

내 제안을 들은 천태범이 바로 대답하지 않고 팔짱을 꼈다.

그의 입장에서는 인생 항로가 확 바뀔 수도 있는 선택을 앞둔 상황.

쉽게 결정을 내리기는 어려울 터였다.

그래서 난 결정을 재촉하지 않고 다른 이야기를 꺼냈다.

"일단 월세 걱정부터 덜어 드릴까요?"

"어떻게 월세 걱정을 덜어 준다는 거지?"

"새 사무실 하나 구해 드리겠습니다. 거기로 출근하시죠."

"……?"

"JK미디어 법무 팀에서 일해 보세요."

*   *   *

이청솔은 차장 검사다.

이미 안면을 텄다고 해서 간부급 검사인 이청솔에게 자잘한 법적 문제가 생길 때마다 쪼르르 달려가서 도움을 요청할 수는 없다.

그래서 난 천태범을 JK미디어 법무 팀으로 끌어들이려는 것이었다.

"고민할 시간을 좀 줘."

내 명함을 확인한 후, 이 제안이 장난이 아니라는 사실을 깨달은 천태범은 고민할 시간을 달라고 부탁했다.

그렇지만 나는 안다.

그가 절대 이 제안을 거절하지 못할 것이라는 사실을.

"변호사 체질이 아니거든."

정의감이 철철 넘치는 천태범은 검사가 천직이었다.

그런데 구룡그룹 유명석 회장에게 덤비다가 검사복을 벗고 팔자에도 없는 나쁜 놈들을 위해서 변호를 맡는 것.

천태범 입장에서는 무척 고역일 터였다.

그래서 그는 좀 더 보람찬 일을 하고 싶어 했고, 때마침 내가 나타나서 이런 제안을 했으니 거절하기 힘들 것이었다.

"이제 기다릴 차례네."

이청솔과 천태범.

두 명의 법조인들이 움직여서 어떤 성과를 낼 때까지는 기다려야 했고, 난 기다리는 시간을 허투루 보낼 생각이 없었다.

'빨리 익히고 싶다.'

한반도의 이름 없는 영웅인 무휼은 내게 두 가지를 전수했다.

태극일원공과 칼춤.

가부좌를 틀고 앉아서 내력을 운용하는 태극일원공은 집에서도 방문을 걸어 잠그고 수련을 하는 것이 가능했다.

하지만 칼춤은 아니었다.

그래서 어서 칼춤을 수련하고 싶은데, 연습할 장소가 마땅치 않았다.

그로 인해 고민하던 난 연습 장소를 구하기로 결정하고, 일단 송태경에게 연락했다.

Chapter. 3

"불합격했다고 생각했어요."

날 다시 만난 송태경 작가가 꺼낸 첫마디였다.

'내가 너무 무심했네.'

송태경의 푸석한 얼굴을 확인한 나는 반성했다.

오매불망 내게서 연락이 오길 기다렸을 그녀에게 연락하는 것이 너무 늦어진 것이 미안해서였다.

"죄송합니다. 제가 좀 바빴습니다."

바로 사과한 후, 그녀에게 계약서를 건넸다.

"송태경 작가님에게 각색 작업을 맡기기로 결정했습니다."

"그게… 정말인가요?"

"네, 유니버스 필름과 레볼루션 필름이 공동 제작 하는 'IMF'라는 작품의 각색입니다. 일단 계약서부터 살펴보시죠."

떨리는 손으로 계약서를 집어 들고 살피던 송태경은 만족한 기색이었다.

"계약 조건은 만족하십니까?"

"네, 만족해요. 그리고 좋은 기회를 주셔서 감사합니다."

송태경이 감사를 표한 후, 한참을 망설인 후 입을 뗐다.

"저기……."

"편하게 말씀하시죠. 계약 조건에 불만이 있으면 기탄없이 말씀하셔도 됩니다."

"계약 조건에는 만족합니다."

"그럼……?"

"실은 심대평 대표에게서 부탁을 받았습니다."

송태경이 어렵사리 꺼낸 이야기를 들은 내가 두 눈을 빛냈다.

"평화 필름 심대평 대표가 송태경 작가님에게 어떤 부탁을 했습니까?"

"혹시 서 대표님을 다시 만나게 되면 알려 달라고 했어요."

"뭘 알려 달라고 했습니까?"

"만나서 어떤 대화를 나눴는지 알려 달라고 신신당부했습니다."

"그렇군요."

내가 천천히 고개를 끄덕였다.

'아마 지금쯤 궁금해서 죽을 지경일 거야.'

내가 추측한 심대평의 속내였다.

'텔 미 에브리씽'.

평화 필름 대표인 심대평이 제작했던 첫 영화였다.

그는 '텔 미 에브리씽'의 흥행 성공으로 큰 수익을 거두면서 성공한 영화 제작자가 될 발판을 마련했다.

그런데 내가 '텔 미 에브리씽'을 선점해 버린 탓에 영화 제작자 심대평의 행보는 첫 스텝부터 꼬였다.

그리고 '텔 미 에브리씽'을 내게 뺏긴 그가 가장 궁금해하는 것.

내 차기작일 것이었다.

'혹시 평화 필름에서 제작하려는 작품을 또 뺏기는 것이 아닐까?'

이런 두려움에 휩싸여서 심대평은 신경이 잔뜩 곤두서 있을 것이고, 그래서 송태경을 이용해서라도 내 차기작을 알아내려는 것이었다.

'실수한 겁니다.'

내가 한쪽 입꼬리를 비틀며 심대평에게 속으로 말했다.

자칫 잘못하면 '아시아의 별'을 놓쳐 버릴 위기에 처했던 터라, 난 심대평을 까맣게 잊고 있었다.

그런데 송태경을 만난 덕분에 다시 심대평에 대해서 떠올리게 됐다.

'잊으면 안 되지.'

지난 생에 내가 췌장암에 걸렸던 이유.

본래의 불규칙한 생활 습관과 과한 음주도 원인이었지만, 'Daddy'의 흥행 실패로 인해 받은 스트레스와 그를 잊기 위해 술독에 빠져 살게 된 것이 결정적이었다.

그리고 'Daddy'가 흥행에 실패하도록 치밀하게 계획을 꾸미며서 날 절망의 구렁텅이에 밀어 넣었던 것이 바로 심대평이었다.

난 성인군자가 아니다.

내게 경계심과 악의를 품고 궁지로 몰아넣었던 심대평을 용서할 정도로 내 마음이 넓지는 않다.

'평화 필름에서 제작했던 두 번째 작품이 뭐였지?'

기억을 더듬던 내가 얼마 지나지 않아서 답을 찾아냈다.

'우리 공공의 적.'

그 기억을 떠올린 후 내가 송태경에게 입을 뗐다.

"각본 제안을 받았다고 알려 주십시오."

그 이야기를 들은 송태경이 의아한 표정으로 물었다.

"저는 서 대표님에게 각색 제안을 받았는데요?"

"심대평 대표에게는 각본 제안을 받았다고 알려 주란 뜻입니다."

"왜… 저더러 거짓말을 하라는 건가요?"

"불안해서요."

"……?"

"심대평 대표가 내부 정보를 빼내서 레볼루션 필름에서 제작하려는 작품을 먼저 제작하려는 계획인 것 같거든요."

"그게… 가능한가요?"

"심대평 대표가 우라까이의 대가거든요. 그리고 미리 조심해서 나쁠 건 없으니까요."

송태경이 비로소 납득한 표정을 지었을 때, 내가 다시 말했다.

"송 작가님이 제게 제안받은 각본 작업의 제목은 '우리 공공의 적'입니다."

*   *   *

"진짜… 우연일까?"

심대평이 소주잔을 매만지며 혼잣말을 꺼냈다.

'텔 미 에브리씽'은 원래라면 평화 필름의 창립 작품이 됐어야 하는 작품.

그런데 결과는 달랐다.

심대평은 '텔 미 에브리씽'이란 흥행작을 뺏겼다.

눈 뜨고 코 베인 느낌이랄까.

그러니 서진우에게 신경이 쓰이는 것은 당연지사였다.

그래서 '텔 미 에브리씽'의 제작 보고회장에 직접 찾아가서 따졌을 때, 서진우는 우연이라고 대답했다. 그리고 심대평도 같은 결론을 내렸다.

심대평은 회귀자.

자신 외에 다른 회귀자가 있을 리가 없었기 때문이었다.

'우연이 반복되면 어쩌지?'

그럼에도 불구하고 이런 우려가 드는 것은 어쩔 수 없었다. 그래서 심대평은 송태경 작가에게 서진우를 만나게 되면 알려 달라고 부탁했었고, 조금 전 그녀에게서 연락이 왔다.

"대표님, 안녕하세요."

송태경 작가의 목소리를 들은 심대평이 고개를 돌렸다.

"왔어? 어서 앉아."

송태경에게 자리를 권한 후, 심대평이 소주병을 향해 손을 뻗으며 제안했다.

"한잔할래?"

"아니요. 오늘은 안 마시겠습니다. 집에 돌아가서 바로 작업할 게 있거든요."

정중하게 거절 의사를 밝히는 송태경을 바라보던 심대평이 눈을 빛내며 질문했다.

"혹시 레볼루션 필름 서진우 대표가 송 작가에게 작업을 맡겼어?"

"네."

"무슨 작업을 맡겼어?"

"각본 작업을 의뢰했습니다."

"제목을 알 수 있을까?"

"그건 좀 곤란해요."

송태경이 난색을 표한 순간, 심대평의 몸이 달아올랐다.

"왜 곤란하다는 거야?"

"서진우 대표가 작업을 맡기면서 보안에 각별히 신경을 써 달라고 했거든요."

"작품의 내용을 알려 주는 것도 아니고, 그냥 제목만 알려 달라는 거야. 제목 알려 주는 것 정도는 괜찮잖아?"

"그래도… 좀 께름칙해서요."

송태경은 계속 작품의 제목을 밝히지 않았다.

그로 인해 한숨을 내쉰 심대평이 안주머니에서 지갑을 꺼 냈다.

백만 원권 수표를 꺼낸 심대평이 송태경의 앞으로 내밀었 다.

"이걸 왜 저한테 주시는 건가요?"

"지난번에 같이 작업하느라 고생했는데 제대로 보상도 해 주지 못했던 것 같아서. 많은 돈은 아니지만 필요한 데 써."

"하지만……."

"괜찮으니까 받아도 돼."

잠시 망설이던 송태경이 수표를 향해 손을 뻗었다. 그리고 그녀의 손이 수표에 닿기 직전 심대평이 슬쩍 손을 뺐다.

"한 가지 조건이 있어."

"뭔가요?"

"제목을 알려 줘."

잠시 망설이던 송태경이 고개를 끄덕였다.

"제목은 '우리 공공의 적'이에요."

각본 의뢰를 받은 작품 제목을 알려 준 송태경이 수표를 가져 갔다. 그렇지만 심대평은 그 사실조차도 알아채지 못했다.

'우연이… 반복된다?'

심대평이 딱딱하게 표정을 굳혔다.

"그럼 저 먼저 일어나겠습니다."

송태경이 꾸벅 인사를 하고 먼저 떠났지만, 심대평은 그 인사를 받아 줄 생각도 하지 못하고 멍하니 생각에 잠겼다.

'우리 공공의 적'은 '텔 미 에브리씽'을 놓친 평화 필름의 창립 작품으로 염두에 두고 있었던 작품.

그런데 레볼루션 필름 대표인 서진우가 다시 '우리 공공의 적'을 제작하려고 하고 있었다.

"이걸 어떻게 해야 하지?"

심대평의 머릿속이 복잡하게 헝클어졌다.

*　　　*　　　*

유니버스 필름 사무실.

'텔 미 에브리씽'의 흥행 덕분에 한동안 이현주 대표의 얼굴에서는 웃음꽃이 떠나지 않았었지만, 오늘은 달랐다.

"서 대표, 난 좀 불안해."

그리고 그녀가 불안해하는 이유는 송태경 작가 때문이었다.

차기작인 'IMF'의 각색 작업을 난 송태경 작가에게 맡기고 싶다고 고집을 부렸고, 이현주 대표는 신인 작가인 송태경에게 각색 작업을 맡기는 것을 불안해하는 것이었다.

"절, 한번 믿어 보세요."

"하지만……."

"천재 작가가 인정한 천재 작가거든요."

회귀자 버프로 난 천재 작가 행세를 하고 있는 상황.

그리고 이 말은 효과가 있었다.

"그럼 이번 한 번만 믿어 볼게."

이현주 대표가 마지못해 수락한 순간, 난 서둘러 화제를 전환했다.

"제가 부탁드린 것은 어떻게 됐나요?"

"아, 그거? 어제 연락 왔어. 난 안 될 줄 알았는데 쇼라인 엔터테인먼트 측에서 일부 사전 정산을 해 주겠대."

"다행이네요."

"이런 경우는 정말 드문데 대체 무슨 바람이 불었는지

몰라."

내가 부탁한 것은 '텔 미 에브리씽'의 사전 정산이었다.

'텔 미 에브리씽'이 흥행한 후 극장에서 내려왔지만, 수익 정산이 끝나고 통장에 입금되기까지는 오랜 시간이 걸린다.

그래서 난 쇼라인 엔터테인먼트 측에 일부 사전 정산이 가능한가를 문의했고, 가능하단 대답이 돌아온 것이었다.

"아마 우리와의 인연이 계속 이어지길 바라기 때문일 겁니다."

'텔 미 에브리씽'의 흥행 성공으로 나와 이현주 대표는 거액을 벌 터였다.

그렇지만 가장 큰 수익을 거두는 것은 투자와 배급을 맡은 쇼라인 엔터테인먼트.

그러니 흥행작을 제작한 나와 이현주 대표를 다른 투자 배급사에 뺏기지 않고 계속 인연을 이어 나가기 위해서 일부 사전 정산을 승인한 것이었다.

"대충 십억 정도 된다고 하는데… 서 대표는 이 돈으로 뭘할 거야?"

이현주 대표가 사전 정산을 받은 자금의 용처에 호기심을 드러냈다.

"집이랑 땅 좀 구입하려고 합니다."

내가 자금의 용처를 밝히자, 이현주 대표가 놀란 표정을 지었다.

"십억을 전부 다?"

2020년에는 십억으로 강남에 아파트 한 채도 못 산다.

그렇지만 1996년은 달랐다.

십억이면 작은 평수 아파트 여러 채를 구입할 수 있다.

그래서 십억으로 집과 땅을 구입하려 한다는 내 이야기를 듣고서 이현주 대표가 놀란 것이었고.

"네, 전부 다 살 겁니다."

"혹시… 부동산 사업 쪽으로도 뛰어든 거야?"

"그건 아닙니다. 일단 집과 땅을 사 놓으면 최소한 손해를 보지는 않을 것 같아서요."

지난 생의 난 무주택자였다.

그리고 남들이 부동산에 열을 올리며 큰 돈을 벌어들일 때도 난 일체 관심을 갖지 않았었다.

영화 제작이 내 천직이라 여기며 살았기 때문이었다.

그래서 난 부동산에 대한 미래 지식이 거의 없다.

그렇지만 어느 지역이 개발되는가 정도는 알고 있다.

그리고 내가 사전 정산을 받은 자금으로 집과 땅을 구입하기로 선택한 곳은 분당이다.

'천당 아래 분당.'

괜히 분당이 이렇게 불렸던 것이 아님을 알고 있어서였다.

'곧 개발이 시작되면 땅값이 천정부지로 치솟을 거야.'

돈을 벌 수 있는 지식을 알고 있는데, 굳이 외면할 필요는 없었다.

난 그 정도 융통성은 있는 사람이다.

그리고 내 주변 사람을 외면할 정도로 매몰찬 성격도 아니고.

"이 대표님도 여유 자금 있으시면 땅 좀 사시죠?"

"땅을 사라고? 왜?"

"제가 개발 예정 지역을 알고 있거든요."

나와 이현주 대표는 동업자.

그래서 귀중한 소스를 제공하려 했지만, 이현주 대표는 손사래를 쳤다.

"됐어. 난 지금 살고 있는 아파트로 충분해."

"나중에 후회하실 텐데요?"

"후회 안 해."

이현주 대표는 내 호의를 거절했다.

안타깝지만 이것이 그녀의 선택.

말을 물가로 데려갈 수는 있지만 물을 마시게 할 수는 없다는 사실을 알고 있기에 난 더 이상 권하지 않았다.

'나중에 후회해도 늦습니다.'

이현주 대표에게 안타까운 시선을 던지던 내가 자리에서 일어났다.

자금을 마련했으니, 이제 움직일 때였다.

                          *   *   *

회귀한 후, 나는 무척 바빴다.

그렇지만 바쁜 와중에도 짬을 내서 꼭 해야 할 일은 미리
해 뒀다.

그중 하나가 바로 운전면허증을 따는 것이었다.

지난 생에 오너 드라이버였던 내게 운전은 식은 죽 먹기.

필기와 실기, 도로 연수까지 일사천리로 마치고 이미 운전
면허증을 따 둔 상태였던 나는 집 근처 자동차 매장으로 향
했다.

그리고 자동차 매장을 찾은 내 시선을 사로잡은 것은 추억
속의 명차인 각그랜저였다.

'추억 돋네.'

1990년대 초반 각그랜저는 부의 상징.

지난 생의 나도 각그랜저를 타는 이들을 부러워했다.

그래서 난 부의 상징인 각그랜저를 구입하기로 결정했다.

"이 차로 구입하겠습니다. 그리고 대금 지급은 이 자리에서
현금으로 하겠습니다."

"일시불로요?"

"네."

자동차 매장 영업 사원은 깜짝 놀라며 내게 귀빈 대접을
했다.

각그랜저를 구입한 난 바로 운전해서 분당으로 향했다.

딸랑.

도로변에 주차하고 부동산 사무실로 들어가자, 중년의 여사장이 은테 안경을 슬쩍 추켜올리며 날 아래위로 훑었다.

"대학생이에요?"

"네."

"원룸 보러 왔나 보네. 보자, 월세가 싼 매물은 다 나갔고 지금 있는 매물은……."

"주택 사러 왔습니다."

"방금… 뭐라고 했어요?"

"원룸 보러 온 게 아니라 주택 사러 왔다고 했습니다."

"가격은 얼마 정도……?"

내게서 돈 냄새를 맡은 중년 여사장의 시큰둥하던 태도가 돌변했다.

"대충 이억 정도 예상하고 있습니다."

아직 개발이 본격적으로 이뤄지지 않은 분당의 땅값은 싼 편이다.

그러니 주택 가격도 당연히 싸다.

그래서 이익을 예상하고 찾아왔다는 내 대답에 중년 여사장은 깜짝 놀란 표정을 짓고 있었다.

"괜찮은 매물이 있습니까?"

내가 묻자, 여사장이 고개를 끄덕였다.

"매물은 많습니다."

'딱 집을 구입하기에 적기이긴 하네.'

그 대답을 들은 내가 속으로 생각했다.

IMF 구제 금융 사태를 앞두고 경기가 하강한 상황이라 싸게 급매로 나온 매물이 많은 편이었다.

"그런데 어느 동네 주택을 구입하시려는 건가요?"

여사장이 내게 물었다.

부동산 사무실 벽에 붙어 있는 분당 지도 앞으로 다가간 내가 유심히 살피다가 구석 쪽을 손으로 가리켰다.

"여기가 좋겠네요."

여사장은 친절한 데다가 정직하기도 한 편이었다.

"그 동네는 개발이 안 될 텐데. 이쪽이 개발 호재가 있는 곳이거든요."

내가 손으로 찍은 동네가 절대 개발이 되지 않을 거라고 안타까워하면서 개발 호재가 있는 지역을 직접 추천했다.

그렇지만 난 의견을 굽히지 않았다.

"그냥 여기로 하겠습니다."

지난 생의 난 분당과 특별한 연관점이 없다.

그렇지만 로케이션 장소 섭외 때문에 몇 차례 분당을 방문했던 적은 있었다. 그래서 여사장이 절대 개발이 안 될 거라고 말했던, 내가 찍었던 지역이 천당 아래 분당의 노른자위 지역이 된다는 사실을 알고 있었다.

"그럼 어쩔 수 없죠. 마침 적당한 매물이 있는데 지금 가 보실까요?"

"네. 제 차로 가시죠."

내가 도로변에 세워 둔 각그랜저를 확인한 여사장이 두 눈을 빛낸다.

역시 각그랜저는 부의 상징이라는 생각이 들어서 희미한 웃음을 지은 채 운전한 지 얼마 지나지 않아 나는 매물 앞에 도착했다.

"이 집이 첫 번째 보여 드릴 매물이에요. 보시다시피 새로 지은 지 2년도 안 된 새 집이에요. 집주인이 서울에서 크게 사업하시는 분인데, 주말에 가끔씩 들르는 별장 용도로 사용하기 위해서 지었기 때문에 실거주를 한 적은 한 번도 없고요. 그리고 사업이 갑자기 어려워져서 급매로 내놓았기 때문에 매매가도 주변 주택 시세보다 10% 이상 저렴하게······."

여사장이 이 집의 장점에 대해서 입에서 침을 튀겨가며 설명하기 시작했다.

그렇지만 난 한 귀로 듣고 한 귀로 흘렸다.

'좋다.'

이 집을 처음 본 순간, 이미 구입하겠다고 마음을 먹었기 때문이었다.

"안으로 들어가서 살펴보시죠."

아까 여사장의 말대로였다.

이 층 주택의 실내는 고급 집기와 가전들로 채워져 있었지만, 사람이 사용한 흔적은 거의 없었다.

"집주인 분이 매도자가 원하면 집기와 가전들까지 사용해도 된다고 허락하셨어요. 그리고 남향이라서 볕도 잘 들어오는 편이고, 지금은 손질이 안 돼서 지저분해 보이지만 정원도 사람 손길이 다시 닿으면 깔끔하게……."

"이 집으로 하겠습니다."

"정말요? 아직 다른 매물들도 많이 남아 있는데……."

"이 집이 마음에 듭니다."

"알겠습니다. 그럼 사무실로 돌아가서 바로 계약서 작성해도 될까요?"

"네."

일사천리로 비싼 주택을 매매하는 데 성공한 여사장은 수수료를 챙길 생각에 기뻐하며 사무실로 돌아오자마자 빠르게 계약서를 작성했다.

"계약금은 이천만 원입니다."

"계약서 작성하자마자 잔금까지 바로 지급하겠습니다."

"잔금까지 한꺼번에요?"

"네."

기뻐하는 여주인에게 내가 더 기쁜 소식을 알려 주었다.

"그 집 주변에 부지를 좀 매입하고 싶습니다."

"부지도 함께요?"

"네."

"부지를 얼마나 구입하실 예정이세요?"

"오억 정도 생각하고 있습니다."

여사장이 반색하며 말했다.

"오억이면… 아까 봤던 주택 근처 부지들을 거의 다 매입할 수도 있습니다."

그 대답을 들은 내가 희미한 미소를 머금었다.

부동산에 대한 지식이 거의 없는데다가 분당에 실거주를 해 본 적도 없었다.

'얼마나 오를까? 오십 배? 백 배?'

그래서 지금 내가 구입하려는 부지들의 땅값이 앞으로 대체 얼마나 뛸지 가늠하는 것조차 어렵다.

하지만 내가 사려는 부지에 번쩍번쩍한 고층 빌딩들이 빽빽하게 들어서 있는 모습은 정확히 기억하고 있었다.

'머잖아 건물주가 될 수도 있겠네.'

내가 속으로 생각하며 사무실 벽에 붙어 있는 분당의 지도를 유심히 바라보았다.

*   *   *

매캐한 담배 연기가 콧속으로 파고들었다.

술과 땀 냄새가 섞여 있는 도박장 특유의 꿉꿉한 냄새가 송준섭의 피를 달아오르게 만들고 있었다.

'나와라, 나와라.'

단풍잎이 나오기를 간절히 기도하며 송준섭이 패를 쪼았다.

'왔다.'

뾰족한 단풍잎 일부를 확인한 순간, 송준섭은 속으로 쾌재를 불렀다.

벌떡 일어나 춤이라도 추고 싶은 심정이었지만, 송준섭은 표정 관리에 유의했다.

도박판에서 가장 중요한 것이 포커페이스를 유지하는 것이기 때문이다.

"이 천."

'예스!'

중절모를 써서 대머리를 감춘 대학교수가 괜찮은 패를 잡은 듯 이 천을 베팅한 순간, 화투패를 움켜쥔 송준섭의 손에 힘이 들어갔다.

"이 천 받고 삼 천 더."

'따라와라, 제발 따라와라.'

속으로 간절히 바라고 있을 때, 손목에 금팔찌를 주렁주렁 매단 복부인이 돈다발을 던졌다.

"오 천 더."

'하늘이 날 돕는구나.'

이번 한 판으로 그동안 도박판에서 날렸던 돈을 모조리 회수할 수 있다는 희망에 부풀었을 때였다.

"전부 해서 큰 거 한 장인가? 큰 거 한 장 더."

송준섭이 혀를 내밀어 바싹 마른 입술을 축였다.

어느 누구도 먼저 죽지 않고 레이스에 참전했기에 억 소리가 나는 판이 마련됐다.

"삼땡."

"에이, 겨우 삼땡으로는 이런 큰 판에 명함 내밀면 안 되지. 칠땡."

복부인이 화사하게 웃었을 때였다.

툭.

대학교수가 구땡인 패를 내던지며 중절모를 벗었다.

"이번 판은 제가 먹겠습니다."

땀으로 번들거리고 있는 머리를 숙이며 대학교수가 인사하려는 순간, 송준섭이 막아 세웠다.

"아직 인사하기는 이릅니다."

"……?"

"제 패도 확인하셔야죠."

툭.

자신의 패인 장땡을 보여 준 송준섭이 탁자 가운데 모인 돈을 쓸어 담기 위해서 막 팔을 벌렸을 때였다.

덜커덩.

도박장 문이 열렸다.

그 문을 통해 들어선 양복 입은 사내가 소리쳤다.

"전부 동작 그만!"

싸늘한 눈빛으로 도박장에 모인 사람들을 쏘아보던 사내가 덧붙였다.

"서울 서부 지검 조동재 검사입니다. 불법 도박 혐의로 여기 모여 있는 모든 분들을 연행합니다. 혹시 불만 있으신 분?"

'좆 됐다.'

송준섭이 하늘의 무심함을 탓했다.

다른 날도 아니고 하필 지금 검사가 도박장에 들이닥친 것이 어찌 원망스럽지 않을 수 있을까.

그때였다.

조동재 검사와 송준섭의 시선이 딱 마주쳤다.

"송준섭 씨?"

'날… 어떻게 알지?'

조동재 검사가 자신의 이름을 알고 있다는 것으로 인해 송준섭이 당황했을 때, 그가 웃으며 덧붙였다.

"당신은 특별히 엿 됐어."

*　　　　*　　　　*

처음에는 재수가 옴 붙었다고 생각했는데.

'표적 수사야.'

송준섭의 생각이 바뀐 계기는 조동재 검사가 자신의 이름을 알고 있었기 때문이었다.

검찰 수사관들이 도박장에 들이닥친 이유.

자신을 잡아넣기 위해서였다.

'이번엔 못 나간다.'

베스트 뮤직 대표로 재직하던 시절에 이미 한 차례 공금 횡령 혐의로 재판을 받았었다.

당시에는 구속형을 받았지만 초범이란 점이 반영되어 집행유예로 실형을 면했다.

하지만 이번에는 초범이 아니라 재범.

게다가 불법 도박 혐의까지 추가된 상황이라 실형을 살게 될 확률이 무척 높았다.

거기까지 생각이 미친 순간, 송준섭이 내린 선택은 현금을 챙기는 것이었다.

구치소 면회소.

히트 뮤직에서 가장 믿을 수 있는 직원인 박명우를 부른 송준섭이 일단 회사 상황부터 확인했다.

"회사는 어때?"

"대표님 소식을 듣고 직원들과 소속 가수들이 동요하고 있긴 하지만, 아직 큰 문제는 없습니다."

"다행이네."

"그런데… 소송이 제기됐습니다."

"소송? 무슨 소송?"

"미래 스타 발굴 프로젝트에서 수상한 조보안이라는 꼬맹이와 전속 계약을 맺지 않았습니까? 조보안 측에서 전속 계약 해지 청구 소송을 제기했습니다."

박명우의 이야기를 들은 송준섭의 표정이 딱딱하게 굳어졌다.

"못 막을 거야."

"네?"

"소송에서 우리가 질 거라고. 그럼 플랜비 인베스트먼트에서 히트 뮤직에 투자한 자금도 빼 갈 테니까 부도야."

플랜비 인베스트먼트에서 투자 조건으로 요구한 것은 딱 하나.

조보안의 전속 계약이었다.

그런데 전속 계약 해지 청구 소송에서 패하면서 조보안을 지키지 못한다면?

투자사인 플랜비 인베스트먼트에서 투자금을 빼 갈 것이 자명했다.

그럼 히트 뮤직은 부도가 날 터.

'변호사 비용이라도 챙겨야 해.'

재빨리 머릿속으로 계산을 마친 송준섭이 박명우에게 지시했다.

"오디션 영상, 김 대표에게 전달해."

"김… 대표요?"

"CM엔터테인먼트 김천만 대표 말이야."

송준섭은 김천만과 인연이 있었다. 그리고 김천만은 가수의 잠재력을 보는 눈이 정확한 편이었다.

그래서 미래 스타 발굴 프로젝트에 참가했던 조보안이 노래하고 춤추는 영상을 본다면 분명히 관심을 가질 것이란 확신이 있었다.

송준섭이 목소리를 낮춘 채 박명우에게 지시했다.

"김천만 대표에게 전해. 우리 회사와 전속 계약한 조보안을 비롯한 소속 가수들을 넘길 테니까 변호사 비용 좀 챙겨 달라고."

$*$ $*$ $*$

"오랜만에 드라이브하러 가시죠."

내가 드라이브를 제안하자, 엄마는 반색했다.

"그렇지 않아도 요새 집에만 틀어박혀 있었더니 가슴이 답답하던 참이었어. 교외로 드라이브 가서 맛있는 것도 사 먹고 하자. 여보, 진우가 드라이브하고 싶다니까 당신이 운전 좀 해요."

아버지가 내키지 않는 표정으로 안방 문을 열고 나왔다.

"피곤한데 무슨 드라이브야?"

"아버지는 그냥 앉아 계시면 됩니다. 운전은 제가 하겠습니다."

"진우, 네가?"

"네, 제가 운전합니다."

내가 웃으며 대답했을 때, 방에서 나온 누나가 불안한 표정으로 말했다.

"아빠, 진우 면허 딴 지 얼마 되지도 않았어. 불안해서 난 안 갈래."

"안 가면 후회할 텐데."

"왜 후회한다는 거야?"

"좋은 데 갈 거거든."

"좋은 데? 어디? 백화점?"

"그거야 가 보면 알지."

잠시 갈등하던 누나까지 동참하면서 우리 가족은 함께 집을 나섰다.

아버지가 차로 다가갈 때, 내가 말했다.

"아버지, 이쪽입니다."

"응?"

"아까 제가 운전한다고 말씀드렸잖아요."

주차장에 세워 둔 각그랜저 앞으로 다가간 내가 차 키를 꽂고 잠금장치를 해제하는 모습을 지켜보던 가족들은 깜짝 놀란 표정을 지었다.

"이게 웬 차야?"

대표로 엄마가 물었고, 내가 솔직하게 대답했다.

"차 한 대 뽑았습니다."

"뭐? 진우, 네가 차를 샀다고?"

"네."

"돈이 어디서 나서?"

누나가 바로 자금의 출처부터 캐물었지만, 난 대답하지 않고 제안했다.

"일단 타시죠. 가면서 알려 드리겠습니다."

아버지는 조수석, 엄마와 누나가 뒷좌석에 앉는 모습을 확인하고 난 후, 내가 운전석에 앉았다.

"어머, 엄청 넓다."

"엄마, 다리가 하나도 안 불편해."

기존에 아버지가 운전하던 차량은 엘란트라.

경차라서 차량 내부가 무척 비좁았다.

엘란트라를 타다가 각그랜저 뒷좌석에 탑승한 엄마와 누나는 감탄을 금치 못했다.

부르릉.

잠시 후 시동을 걸자, 요란한 엔진음이 들렸다.

"자, 그럼 출발합니다."

엑셀을 밟아 주차장을 빠져나간 후 도로로 들어선 순간, 아버지가 조수석 손잡이를 꽉 움켜쥐셨다.

'불안하신가 보네.'

아버지만이 아니었다.

엄마와 누나도 손잡이를 꽉 움켜쥔 채 침묵하고 있었다.

그렇지만 가족들의 긴장은 얼마 지나지 않아 풀렸다.

내가 능숙한 운전 솜씨를 발휘했기 때문이었다.

"운전 실력이 나보다 나은 것 같구나."

"운전이 제 적성에 맞는 것 같습니다."

"그리고 차가 아주 조용하구나."

구형 엘란트라와는 비교할 수 없는 안락한 승차감에 아버지가 만족감을 표했다. 그리고 긴장이 풀린 누나는 다시 자금 출처를 캐기 시작했다.

"돈이 어디서 나서 이렇게 비싼 차를 산 거야?"

"'텔 미 에브리씽'의 공동 제작자로서 수익금을 정산받았어."

"정산금이 얼마나 되는데?"

"차 한 대 살 정도는 돼."

내가 누나에게 정확한 정산금을 밝히지 않는 데는 이유가 있었다.

'돈은 요물이야.'

내가 생각하는 돈은 요물이었다.

사람을 홀려서 정신을 차리지 못하게 만들기 때문이었다.

천륜으로 이어진 형제지간, 또 부자지간에 돈 때문에 칼부

림이 일어났다는 뉴스는 종종 등장했고, 이것은 돈이 요물이
란 증거였다.

물론 부모님은 걱정하지 않는다.

하지만 누나는 정산금이 십억 가까이 된다는 사실을 알고
나면 헛바람이 들 가능성이 있기에 우려가 됐다.

그렇게 약 한 시간을 달린 후, 얼마 전 구입한 주택 앞에 차
를 세울 수 있었다.

"다 왔습니다."

"이 집은 누구 집이야? 되게 좋다."

"괜찮지?"

"설마… 아니지?"

"응, 누나가 상상하는 그거 아니야. 시사회에서 유니버스 필
름 이현주 대표 만났었지? 이현주 대표 소유의 별장인데 비어
있으니까 쓰고 싶을 때 쓰라고 했어."

"엄마, 빨리 안에 들어가서 구경해 보자."

내 설명이 끝나기 무섭게 누나가 엄마의 팔짱을 끼고 집 안
으로 들어갔다.

그제야 내가 아버지에게 고백했다.

"아버지, 아까 거짓말을 했습니다. 이거 제 집입니다."

"응? 진우 네 집이라고?"

"네. 수익 정산금을 받아서 구입했습니다."

어지간한 일에는 놀라지 않는 아버지도 깜짝 놀란 표정을

지은 채 물었다.

"갑자기 왜 집을 산 거냐?"

"독립하려고요."

"독립? 집을 나와서 여기서 살 거라고?"

"네."

내 대답을 들은 아버지가 서운한 기색을 드러냈다.

품 안의 자식이었던 내가 독립하려 한다는 사실을 알고 난후, 서운한 감정부터 든 것이리라.

그렇지만 아버지는 이내 서운한 기색을 지운다.

대신 미안한 표정을 짓는다.

"명색이 애비인데 아무것도 못 해 줘서 미안하다."

내가 스스로 돈을 벌어서 독립을 위해 집까지 구입한 것에 미안함을 표하는 아버지에게 내가 말했다.

"오히려 제가 죄송합니다."

"진우, 네가 왜…?"

"가장 힘든 시기에 아버지 곁을 지켜 드리지 못해서요."

빈말이 아니다.

아버지는 곧 정리 해고를 당한다. 그리고 평생을 몸 바쳐 일했던 직장에서 버림을 받는 과정은 아버지 인생에서 가장 힘든 시기 중 하나.

그 힘든 시기를 아버지의 곁에서 함께 하지 못하는 것이 난 미안한 것이다.

"별소리를 다 하는구나."

"1번, 잊지 않으셨죠?"

"응?"

"힘드실 때는 주저 없이 1번을 꾹 누르시면 됩니다. 그럼 제가 만사를 제쳐 두고 달려가겠습니다."

"그래, 꼭 그렇게 하마."

그제야 아버지의 입가에 미소가 번진다.

"그런데 왜 엄마와 누나에게는 거짓말을 했던 거냐?"

"제대로 독립하고 싶어서요."

"응?"

"만약 이게 제 집이란 사실을 알고 나면, 엄마와 누나가 수시로 들락거릴 겁니다. 그럼 독립이 아니게 되니까요."

"듣고 보니 그렇구나."

내 말이 일리가 있다고 판단한 아버지가 동의한 순간, 내가 주머니에서 차 키를 꺼냈다.

"참, 바꾸시죠."

"뭘 바꾸자는 거냐?"

"차 키 말입니다. 저 차, 아버지 드리려고 산 차입니다."

"……?"

"아버지보다 좋은 차를 타고 다닐 정도로 제가 예의가 없는 놈은 아닙니다."

비로소 말뜻을 이해한 아버지는 당황한 기색이 역력했다.

"하지만……."

"제 로망 중 하나가 각그랜저 타는 것이었습니다. 그 로망을 실현하려면 아버지가 이 차를 타셔야 합니다. 아버지가 이 차를 타셔야 저도 각그랜저를 탈 수 있으니까요."

"그래, 고맙다."

그제야 아버지가 내가 내밀고 있던 차 키를 건네받았다.

여전히 실감이 안 난다는 표정을 짓고 있는 아버지에게 내가 덧붙였다.

"그리고 회사 일 때문에 너무 스트레스 받지 마세요. 실은 제가 근처에 땅을 좀 사 뒀습니다. 정 안 되면 여기 내려와서 농사지으시면 됩니다."

"녀석, 말이라도 고맙다."

정확한 수익 정산금을 모르는 것은 아버지도 마찬가지.

그래서 아버지는 내 말을 농담이라 여겼다.

하지만 난 농담을 한 것이 아니었다.

장차 분당의 노른자위가 될 부지를 대거 매입했다.

'앞으로 그냥 놀고먹어도 삼대까지는 잘 먹고 잘살 수 있을 겁니다.'

내가 속으로 말하며 제안했다.

"오늘은 여기서 주무시고 가시죠."

*   *   *

변호사 사무실.

난 천태범 변호사를 찾아가서 물었다.

"제가 전에 드렸던 제안에 대한 결정을 내리셨습니까?"

"일단 몇 가지 확인하고 싶은 게 있다."

"말씀해 보시죠."

"내가 가고 싶다고 하면 JK미디어 법무 팀에 들어갈 수 있는 거냐?"

"네."

"진짜야?"

"그렇습니다. 명함에 적혀 있는 직함은 이사이지만, 제가 실세거든요."

내가 자신 있는 목소리로 대답하자, 천태범 변호사는 다음 질문을 던졌다.

"다음 질문, 후배의 정체가 뭐지?"

날 바라보는 천태범 변호사의 눈빛은 날카로웠다.

'내 뒷조사를 했구나.'

일전에도 말했듯이 천태범은 검사가 천직이었다.

검사는 의심하는 것이 직업인 사람.

천태범은 불쑥 변호사 사무실로 찾아가서 스카웃 제안을 했던 나에 대해서 의심을 품고 뒷조사를 하고도 남을 사람이었다.

"조사해 보셨으니 대충 알고 계시지 않습니까?"

"후배 말대로 조사를 하긴 했는데… 좀 이상해서 그래."

"진짜 묻고 싶은 게 뭡니까?"

"수능 만점에 영화 제작, 연예 기획사 쪽 일도 하고 있고, 음반 제작까지. 이게 전부 맞는가 해서."

'나름 열심히 조사했네.'

내가 속으로 생각하며 대답했다.

"천재라고 하더군요."

"천…재?"

"저와 함께 '텔 미 에브리씽'의 공동 제작을 했던 유니버스 필름 이현주 대표는 절 천재라고 평가했습니다. 그리고 이런 말도 했었죠."

"어떤 말?"

"가끔씩은 상식선에서 이해할 수 없는 천재도 존재한다."

"그 말은… 후배가 잘났다는 뜻이지?"

내가 가타부타 대답하지 않고 씨익 웃자, 천태범이 마뜩잖은 표정으로 덧붙였다.

"하긴 잘나긴 했더라. 그럼 이제 마지막 질문. 왜 하필 날 찾아왔어?"

"우연히 선배님을 알게 돼서……."

"똑바로 말해."

날 바라보는 천태범의 눈빛은 무척 강렬했다.

절대 거짓을 용납하지 않겠다는 의지가 담긴 강렬한 시선을 확인한 내가 마음을 바꿔서 솔직히 대답했다.

"이청솔 부장 검사, 아니, 차장 검사님에게 소개받았습니다."

"그 양반이… 날 소개했다고?"

"네."

"왜 날 소개했던 거지?"

"실력은 있는데 한가한 변호사를 소개해 달라고 부탁했더니, 선배님이 적임자라고 말씀하셨습니다."

내 대답을 들은 천태범이 픽 하고 실소를 터트리며 말했다.

"그래도 나쁘지 않네."

그 이야기를 들은 내가 고개를 갸웃했다.

"예상치 못했던 반응인데요."

"응?"

"이청솔 차장 검사님이 선배님을 소개해 주신 후에 절대 본인이 소개했다는 말을 하지 말라고 신신당부하셨거든요. 본인이 소개했단 사실을 알고 나면 문전박대를 당할 수도 있다고하시면서요. 그런데 분위기를 보아하니 이청솔 차장 검사님을 그렇게 미워하지는 않으시는 것 같은데요?"

"예전에는 미워했어. 내 직속 상사였던 그 양반이 결정적인 순간에 구룡그룹 유명석 회장 수사를 막았거든."

'그런 일이 있었구나.'

이청솔과 천태범.

두 사람 사이에 있었던 일을 내가 알게 됐을 때였다.

"그런데 검사복 벗고 난 후에 생각해 보니까 그 양반도 눈 돌아가서 미쳐 날뛰는 나 때문에 많이 힘들었을 것 같았다는 생각이 들었어. 그 양반도 인정했듯이… 내 실력이 꽤 괜찮은 편이었거든."

천태범이 흐릿한 웃음을 머금은 채 대답했다.

그 이야기를 들은 내가 입을 뗐다.

"그럼 증명해 보시죠."

"뭘 증명해 보란 거야?"

"선배님의 실력이 뛰어나다는 것 말입니다."

*　　　*　　　*

끼이익.

방문을 열고 들어가자 아내와 함께 잠들어 있는 딸아이가 보였다.

소리가 나지 않도록 주의하며 방문을 다시 닫은 천태범이 주방으로 가서 라면 물을 올렸다.

옷을 갈아입고 식탁 앞에 앉아서 다 끓인 라면을 막 한 젓가락 집어서 입속으로 밀어 넣었을 때였다.

"저녁도 못 먹었어?"

딸아이를 재우고 거실로 나온 아내가 식탁 맞은편에 앉으며 물었다.

"응, 생각할 게 좀 있어서 끼니를 놓쳤네."

천태범이 대답하며, 아내를 물끄러미 바라보았다.

"왜 그렇게 봐?"

"그냥."

"그렇게 보지 마. 사람 불안하니까."

"……?"

"검사 그만두겠단 말 꺼낼 때도 그렇게 바라봤거든."

'여자의 직감이란.'

천태범이 속으로 혀를 내두르며 입을 뗐다.

"나, 취직할까?"

"취직?"

"응. 법무 팀에서 일해 보지 않겠느냐는 제안이 들어왔거든."

"월급이 얼마나 되는데?"

"대기업 부장 수준 정도 돼."

"당신이 알아서 결정해."

생활고에 시달리는 아내가 당연히 취직하라고 종용할 거라 예상했는데.

그 예상이 빗나간 순간, 천태범이 의아한 시선을 던졌다.

그때, 아내가 덧붙였다.

"당신의 심장을 더 뛰게 하는 일을 해."

'내 심장을 더 뛰게 하는 일?'

천태범이 물컵을 들어서 입으로 가져 갔다.

'검사가 천직이다.'

이 생각은 여전히 변함이 없었다.

그래서 구룡그룹 유명석 회장과 악연으로 얽히며 검사복을 벗게 됐을 때, 천태범의 심장은 죽어 버렸다.

변호사 개업을 한 후 검사로서 잡아 처넣어야 마땅한 건달들을 위해서 변호를 할 때는 자괴감마저 들었다.

목구멍이 포도청이라 억지로 변호를 하고 있었는데.

불쑥 찾아온 서진우가 달콤한 제안을 했다.

'적어도… 건달 놈들 변호를 하는 것보다는 낫지 않을까?'

천태범의 생각이 이내 조보안이라는 초등학생에게 미쳤다.

그 아이의 재능을 이용해 돈을 벌기 위해서 불공정한 전속 계약서를 쓴 인간을 벌하는 것은 불가능했다.

천태범은 더 이상 검사가 아니니까.

하지만 조보안이란 꼬맹이를 위해서 대신 싸울 수는 있었다. 그리고 조보안이 끝이 아니었다.

서진우는 JK미디어 법무 팀에 들어오면 앞으로 비슷한 처지에 있는 연예인들을 돕는 일을 맡게 될 것이라고 말했었다.

'내 도움이 필요한 사람들을 위해서 싸워 주는 것, 아주 나쁘지는 않을 것 같다.'

쿵쿵쿵.

거기까지 생각이 미친 순간, 검사복을 벗은 후에 죽어 버렸던 심장이 오랜만에 다시 뛰기 시작했다.

"그럼 증명해 보시죠. 선배님의 실력이 뛰어나다는 것 말입니다."

그리고 서진우가 변호사 사무실로 찾아와서 했던 말이 떠오른 순간, 천태범의 입가로 희미한 미소가 떠올랐다.

'시험.'

이번 사건이 자신의 능력을 확인해 보려는 서진우의 시험이란 생각이 들어서였다.

'일단 내 능력을 증명해야겠네.'

전속 계약 해지 청구 소송을 승소하는 케이스는 드물었다.

그렇지만 천태범은 이길 자신이 있었다.

대한민국 사회에서 막강한 권력을 갖고 있는 구룡그룹 유명석 회장을 법정에 세우는 데 성공했던 것이 바로 자신이었다.

"정면 공격이 안 되면… 측면 공격을 해서라도 꼭 승소한다."

천태범이 다부지게 각오를 다진 후 불어 버린 라면을 허겁지겁 먹기 시작했다.

＊　　　＊　　　＊

구형 엘란트라를 몰고 중고차 매장으로 찾아갔다.

삼십만 원을 받고 구형 엘란트라를 팔아 버린 후, 나는 매물로 나와 있는 각그랜저를 살폈다.

'1,100km?'

경기가 어려워서일까.

중고차 시장에는 괜찮은 매물들이 쏟아져 나와 있었고, 나는 거의 신차나 다름없는 각그랜저를 구입할 수 있었다.

각그랜저를 몰고 분당의 내 집으로 향했다.

첫 독립이었지만, 낯설거나 두렵지는 않았다.

지난 생에 혼자서 살았던 기간이 길었기 때문이었다.

"어디가 좋으려나?"

한반도의 이름 없는 영웅인 무휼이 전수해 준 태극일원공과 칼춤을 수련할 장소로 내가 선택한 곳은 주택 옥상.

우선 가부좌를 틀고 앉아 태극일원공의 일주천을 마친 내가 흡족한 표정을 지었다.

일주천을 마치자 몸에 활력이 깃드는 것이 느껴졌기 때문이었다.

"씨앗이 좀 더 커졌네."

최소한 건강에는 좋을 거란 믿음으로 꾸준히 태극일원공을 수련한 덕분에 배 속에 자리 잡은 씨앗의 크기가 좀 더 커져 있었다.

나는 전신에 넘치는 활력을 느끼며 목검을 움켜잡았다.

그러곤 독대 당시 무휼이 선보였던 칼춤의 순서를 기억해 내기 위해 애쓰며 흉내를 내기 시작했다.

태극일원공의 구결에 접목하기 위해 애쓰며 칼춤에 집중하는 사이 빠르게 시간이 흘렀다.

부웅, 부우웅.

제대로 위력이 실린 듯 휘두르는 목검에서 파공음이 흘러나오기 시작했을 때, 나는 수련을 마쳤다.

"첫술에 배 부를 수는 없으니까."

한반도의 이름 없는 영웅 무휼이 선보였던 칼춤을 따라잡으려면 아직 멀었다는 생각이 들었지만, 조급한 마음은 없었다.

아직 시간은 많았으니까.

"뭘 먹나?"

샤워를 마치고 난 후 안락의자에 앉아 저녁으로 뭘 만들어 먹을지에 대해서 고민할 때였다.

지이잉, 지이잉.

벽돌 폰이 진동했다.

"성민아?"

내게 전화를 건 것이 지난 생의 첫사랑 성민아라는 사실을 확인한 내가 서둘러 전화를 받았다.

"천재 맞던데요."

잠시 후, 수화기 너머로 들려오는 성민아가 유쾌한 목소리를 들은 내 입가에 미소가 떠올랐다.

*　　　　*　　　　*

법원 앞.

재판 결과를 기다리고 있던 난 초조한 기색을 감추지 못했다.

만약 이번 소송에서 패하면 '아시아의 별'이 될 재목인 조보안을 JK미디어로 영입하는 것이 불가능해지기 때문이었다.

"최소 수백억이 날아가는 셈이지."

아무도 주목하지 않는 이 재판.

하지만 내 입장에서는 최소 수백억이 걸려 있는 중요한 재판이었다.

그리고 내가 재판에서 이기길 간절히 바라는 이유는 꼭 돈때문은 아니었다.

조보안이란 소녀의 끼와 재능이 잘못된 계약으로 인해 아깝게 묻혀 버리는 것을 난 원치 않았다.

그래서 그녀가 끼와 재능을 맘껏 발산할 수 있는 기회를 주고 싶었다.

"담배 생각나네."

내 초조함이 극에 달했을 때였다.

서류 가방을 손에 든 천태범 변호사가 법원을 빠져나오는 모습이 보였다.

"어떻게 됐습니까?"

내가 묻자, 천태범이 손가락으로 V 자를 그리며 대답했다.

"시험에 통과했지."

"그럼?"

"히트 뮤직과 조보안이 맺었던 전속 계약의 효력은 사라졌다."

내가 천태범에게 새삼스러운 시선을 던졌다.

기존 판례상 전속 계약 해지 소송에서 승소하기는 어려웠다.

이것이 내가 무척 긴장하며 초조해 했던 이유.

그런데 천태범은 그 어려운 일을 해낸 것이었다.

"어떻게 승소한 겁니까?"

"예전에 내가 유명석 회장을 상대할 때 왜 졌을까를 검사복 벗은 후에 줄곧 고민했어. 그리고 내가 찾은 답은 정면 대결이었어."

"정면 대결요?"

"막강한 상대에게 정면 대결을 했으니 질 수밖에. 그때의 경험을 교훈 삼아 이번에는 전략을 바꿨다. 그래서 발품을 팔아서 측면을 공략했지."

"······?"

"조보안은 법적으로 미성년자야. 그런데 내가 확인해 보니 히트 뮤직과 전속 계약을 맺을 때 보호자가 동석하지 않았어. 조보안의 아버지인 조길성이 운송 스케줄이 있어서 참석하지 못했고, 조보안이 조길성의 도장을 가져가서 계약한 것이었어. 그래서 CCTV 영상을 확보해서 전속 계약을 맺을 당시에 보호자인 조길성이 동석하지 않았다는 것을 증명해서 전속 계약이 무효라는 판결을 받아 냈지."

'실력 좋네.'

천태범의 설명을 들은 내가 감탄했을 때였다.

"서 이사, 배고프다. 밥 사 줘."

천태범이 내게 밥을 사 달라고 부탁했다.

그리고 내가 주목한 것은 호칭.

'날 서 이사라고 부른다는 건···'

"제가 드렸던 제안을 수락하시는 겁니까?"

"그래, 매달 월세 걱정하는 것도 짜증 나고, 한심한 건달 놈들 변호하는 것보다는 이편이 나을 것 같아서."

"잘 생각하셨습니다."

내가 웃으며 덧붙였다.

"그런데 식사는 다음에 하시죠."

"왜?"

"이 기쁜 소식을 빨리 전해 줘야 할 것 같아서요."

"조보안이라는 꼬맹이를 만나러 가겠다는 거구먼. 알았어. 그럼 밥은 다음에 먹지."

천태범이 살짝 아쉬운 기색으로 수긍한 순간, 내가 다시 입을 뗐다.

"선배님, 고생하셨습니다. 그리고 아직 끝난 게 아닙니다."

"⋯⋯?"

"앞으로 비슷한 케이스의 소송을 계속 맡게 되실 겁니다. 그때는 이번처럼 측면 공략이 먹히지 않을 테니 정면 대결로도 승소할 수 있는 방법을 미리 찾아 두십시오."

*   *   *

CM엔터테인먼트 대표 이사실.

TV 화면에서 재생되고 있는 영상을 지켜보던 김천만이 두 눈을 빛냈다.

"당수 초등학교 4학년에 재학 중인 조보안이라고 합니다. 제가 부를 노래는⋯⋯."

오디션에 참가한 조보안은 아직 초등학생.

그렇지만 중학생처럼 성숙미가 느껴졌다. 그리고 오디션 참가자임에도 불구하고 전혀 떨지 않았다.

"나와 당신의 미래를 향해서 달려가는 지금, 내 가슴이 이렇게 거세게 뛰는 이유는……."

노래를 부르며 춤을 추는 조보안의 모습이 담긴 영상을 지켜보던 김천만에 자세를 고쳐 앉았다.

'노래는 안정적이고, 춤 실력은 수준급이야. 따로 배운 게 아닌데도 저 정도 수준이라니. 만약 제대로 배우면 어디까지 성장할까?'

초등학교 4학년이란 것이 믿기지 않을 정도로 조보안의 노래와 춤 실력은 훌륭했다.

'잠재력이 무궁무진해.'

조보안이 갖고 있는 무궁무진한 잠재력을 알아본 김천만의 생각이 히트 뮤직 송준섭 대표에게 미쳤다.

"확실히… 실력은 있어."

비록 지금은 격차가 크게 벌어졌지만, 김천만은 음반 제작자로서 송준섭의 능력을 인정하고 있었다.

특히 스타로 발돋움할 가능성이 있는 원석을 알아보는 송준섭의 안목은 대단했다.

그럼에도 불구하고 지금 이렇게 차이가 벌어진 결정적인 계기는… 도박이었다.

도박에 빠진 송준섭은 미래를 대비하지 못한 반면, 김천만은 잠재력 있는 원석들을 꾸준히 발굴하며 미래를 대비했다.

"'COLD'보다 더 큰 성공을 거둘 수도 있어."

5인조 남자 아이돌 그룹인 'COLD'는 CM엔터테인먼트가 발굴한 최고의 히트 상품.

그렇지만 김천만은 조보안을 잘 키우면 'COLD'보다 더 큰 성공을 거둘 수도 있다는 직감과 확신을 받았다.

"변호사 비용 챙겨 줄 가치는 충분해."

이렇게 판단을 내린 김천만이 서둘러 자리에서 일어섰다.

* * *

"여기, 그리고 여기에 도장을 찍으시면 됩니다."

조길성이 인감도장을 꺼내서 꾹 눌러 찍으며 계약이 성사된 순간, 난 부지불식간에 한숨을 내쉬었다.

'힘들었다.'

'아시아의 별'이 될 조보안과 계약을 맺는 과정이 무척 험난했단 생각이 들어서였다.

그때, 조길성이 입을 뗐다.

"제가 배운 것도 없고, 능력도 없어서 보안이 뒷바라지를 제대로 못 해 줬습니다. 그래도 하늘에 있는 집사람이 도와준 덕분인지 보안이에게 좋은 기회가 찾아온 것 같아서 마음이 좀 놓입니다. 앞으로 우리 보안이, 잘 부탁드립니다."

조길성이 내게 고개를 숙이며 부탁했다.

"최선을 다하겠습니다."

그 부탁을 들은 순간, 난 무거운 책임감을 느끼며 대답했다.

'정말 최선을 다하겠습니다.'

난 조보안을 단순한 돈벌이 수단으로 생각하지 않았다.

장차 '아시아의 별'로 성장하며 한류 열풍에 불을 지필 대한민국의 보물이란 생각을 갖고 있었기에 속으로 각오를 다졌을 때였다.

"아빠, 바쁘실 텐데 이제 가 보세요."

"응? 아빠 가도 될까?"

"가도 돼. 내가 앤가?"

"알았다. 이따 집에서 보자. 아빠가 맛있는 것 사 갈게."

"운전 조심하고."

"걱정하지 마."

조길성이 미안한 표정으로 먼저 일어났다.

"아직 일이 안 끝나서 먼저 일어나겠습니다."

"알겠습니다."

그가 먼저 떠나고 난 후 둘만 남겨지자, 조보안이 말했다.

"아저씨, 고마워요."

"햄버거 사 줘서?"

"아니요. 아저씨 아니었다면 큰일 날 뻔했다고 아빠가 그랬어요. 그리고 내가 실수한 것을 바로잡기 위해서 아저씨가 엄청 고생했다는 것도 알고……."

"보안아."

"네?"

"네 실수가 아냐. 널 이용하려고 했던 그 사람들이 나쁜 사람들이었던 거야. 그리고 넌 아직 어리니까 실수해도 괜찮아. 네가 다시 실수하더라도 아저씨가 이번처럼 해결할 테니까."

"감사합니다."

조보안이 꾸벅 인사하며 재차 감사 인사를 건넸다.

"그렇게 고마우면 아저씨 부탁 하나 들어줄래?"

"어떤 부탁인데요?"

"앞으로 아저씨 말고 오빠라고 부르면 안 될까?"

"그건 안 됩니다."

역시 '아시아의 별'은 소신이 뚜렷하다는 것을 새삼 깨달은 내가 감탄하며 아직 뜯지 않은 햄버거를 바라보았다.

"혹시 그게 마음이 걸려서 좋아하는 햄버거도 안 먹었던 거야?"

"네."

"이제 얘기 끝났으니까 맘껏 먹어."

"하나 더 먹어도 되죠?"

햄버거 포장지를 벗기기도 전에 하나 더 먹어도 되냐는 질문부터 던지는 조보안에게 기꺼이 고개를 끄덕였다.

"네 햄버거는 평생 오빠, 아니, 아저씨가 책임지고 사 줄게."

"까아, 아저씨가 최고예요."

'끝까지 아저씨네.'

혹시나 호칭이 오빠로 바뀌지 않을까 하고 기대했는데.

그 기대는 빗나갔다.

아쉬운 마음에 콜라를 마시고 있을 때, 허겁지겁 햄버거를 먹던 조보안이 생긋 웃으며 말했다.

"실은 엄청 유명한 아저씨가 계약하자고 꼬드겼는데도 배신 안 했어요. 저, 의리 있죠?"

그 이야기를 들은 내 표정이 굳어졌다.

"엄청 유명한 아저씨?"

"'COLD' 알죠? 'COLD'를 제작한 아저씨였어요."

'김천만!'

난 조보안이 언급한 엄청 유명한 아저씨가 CM엔터테인먼트 김천만 대표라는 사실을 금세 알아챘다.

'김천만 대표가 결국 조보안의 존재를 알게 됐다?'

내가 당황하며 다시 콜라가 담긴 잔을 입으로 가져 갔다.

'또… 달라졌다?'

김천만 대표가 조보안의 존재를 알게 되고 CM엔터테인먼트와 계약하는 것.

그녀가 초등학교 5학년일 때였다.

그런데 김천만 대표가 조보안의 존재를 알아챈 시기가 더 빨라진 것이었다.

'이토 겐지!'

그 이유에 대해서 고민하던 내가 떠올린 것은 유력한 변종 회귀자 후보인 이토 겐지였다.

마쯔비시 상사의 대표인 이토 겐지는 히트 뮤직을 이용해서 조보안을 선점하려 했고, 그로 인해 김천만이 조보안의 존재를 더 일찍 알게 됐을 가능성이 높았다.

'다행이네.'

말 그대로 간발의 차로 김천만보다 일찍 조보안과 전속 계약을 맺은 것에 내가 안도의 한숨을 내쉬었을 때였다.

"아저씨, 나 잘했죠?"

조보안이 물었다.

"그래. 아주 잘……."

무심코 잘했다고 대답하려 했던 내가 도중에 입을 다물었다.

'과연 잘한 일인가?'

문득 이런 의문이 깃들었기 때문이었다.

*   *   *

마쯔비시 상사 대표 이사실.

엔도 코타로가 소파 상석에 앉아 있는 이토 겐지에게 경외의 시선을 던졌다.

'감히 능력을 측정하기 힘든 분.'

이토 겐지의 나이는 서른넷.

자신보다 스무살 가까이 어렸다.

그렇지만 마쯔비시 상사를 세우고 빠른 속도로 성장시키고 있는 이토 겐지의 능력은 경외감이 들 정도로 대단했다.

그래서 한참 어린 이토 겐지를 엔도 코타로는 진심으로 존경하며 모셨다.

여느 때와 다름없이 무심한 표정으로 보고서를 살피던 이토 겐지의 미간이 슬쩍 찌푸려지는 것을 엔도 코타로는 놓치지 않았다.

"마음에 걸리는 부분이 있으십니까?"

그래서 엔도 코타로가 조심스럽게 묻자, 이토 겐지가 입을 뗐다.

"한국에서의 일이 틀어졌군요."

'한국에서 진행하는 일이라면?'

한국의 음반 제작사인 히트 뮤직을 통해 조보안이라는 초등학생의 전속 계약을 맺은 것이 무효가 된 것.

엔도 코타로도 알고 있었다.

그리고 이토 겐지가 신경 쓰는 것이 그 부분임을 알아챈 엔도 코타로가 고개를 갸웃했다.

이토 겐지가 고작 초등학생에 불과한 조보안이라는 한국의 어린 소녀에게 이렇게까지 신경을 쓰는 것이 잘 이해가 가지 않아서였다.

"대표님, 한국에서 진행하는 일에 왜 그렇게 관심을 기울이시는 겁니까?"

엔도 코타로가 참지 못하고 질문하자, 이토 겐지의 목소리에 처음으로 감정이 실렸다.

"나는 대일본 제국을 사랑하니까요."

"······?"

"대일본 제국이 한국의 어린 소녀에게 점령당하는 것이 싫습니다."

"조보안이라는 소녀가 일본에 위협이 될 수도 있다는 뜻입니까?"

"그렇습니다."

"하지만······."

"그리 될 겁니다."

재차 반박하려 했던 엔도 코타로가 입을 다물었다.

이토 겐지에게는 일종의 예지력이 있다는 사실을 깨달아서였다.

그간 곁에서 지켜보며 보필했기에 누구보다도 잘 알고 있었다.

"재미있군요."

잠시 후, 이토 겐지가 입가에 희미한 미소를 머금은 채 덧붙였다.

"한국에 나 못지않은 능력자가 있는 것 같습니다."

"네?"

"그자가 누군지 무척 궁금해지는군요."

이토 겐지가 드물게 흥미를 드러내며 지시했다.

"한국에서의 일에 대해서 하나도 빼놓지 않고 조사해서 보고하세요."

*　　　*　　　*

"MT 같이 갈래요?"

내게 전화했던 성민아가 했던 제안이었다.

대학 연합 동아리인 '무비 스토커'는 분기별로 한 번씩 MT를 갔는데, 그 MT에 함께 가지 않겠느냐고 제안한 것이었다.

지난 생의 나는 '무비 스토커'의 회원이었다.

그렇지만 이번 생의 나는 아니었다.

여러 영화를 제작한 프로인 내가 아마추어들의 모임인 '무비 스토커'라는 대학 연합 동아리에 가입한다 해도 전혀 실익이 없었기 때문에 가입하지 않았던 것이었다.

그렇지만 난 오래 고민하지 않고 성민아의 제안을 수락했다.

"천천히 가자."

호스피스 병동에서 죽음을 기다릴 당시, 내가 가장 후회했던 것 중 하나가 여유 없는 삶을 살았다는 점이었다.

'여유를 갖고 주위를 둘러보았다면 아주 많은 것이 달라졌을 텐데. 폭주 기관차처럼 앞만 보고 달리지 말고, 완행열차처럼 정차역에 도착했을 때 한 번쯤 멈춰 서서 주변 사람들을 챙겼다면 지금보다 훨씬 더 풍요로운 인생이 되지 않았을까?'

당시에 내가 했던 후회였다. 그리고 다시 한번 삶을 살 수 있는 기회를 얻은 이번에는 같은 후회를 반복하고 싶지 않았다. 그래서 성민아가 했던 제안을 오래 고민하지 않고 수락했던 것이었고.

MT 장소는 청평.

각그랜저를 끌고 갈 수도 있었지만, 난 기차를 타고 가기로 했다.

과정을 즐기기 위함이었다.

*   *   *

서울역에서 청평으로 향하는 무궁화호 기차에 올라탔다.

덜컹덜컹.

느리게 굴러가는 기차의 진동을 몸으로 느끼며 창밖 경치를 감상하다 보니, 어느덧 청평에 도착해 있었다.

성민아가 미리 알려 준 펜션에 도착하자, 밖으로 나와서 기다리고 있던 그녀가 날 반갑게 맞아 주었다.

"찾아오느라 힘들지 않았어요?"

"전혀요."

"어서 들어오세요. 다들 서진우 씨를 기다리고 있으니까요."

"저를요?"

"네, 제가 아주 귀한 게스트를 모셨다고 예고했더니 다들 기대가 커요."

성민아가 신이 난 표정으로 날 이끌었다.

그녀가 날 이끌고 간 곳은 펜션 안에 위치한 휴게실.

그곳에는 '무비 스토커' 회원들이 옹기종기 모여 있었다.

"자, 예고드렸던 대로 무척 어렵게 모신 초대 손님이 도착했습니다. 현재 한국대학교 법학과에 재학 중이고, '텔 미 에브리씽'의 각본과 공동 제작을 맡았던 서진우 씨예요."

성민아가 내 소개를 하자, '무비 스토커' 동아리 회원들이 술렁이기 시작했다.

"한국대 법대생이래."

"'텔 미 에브리씽' 제작자는 유니버스 필름 이현주 대표 아니었어?"

"공동 제작이라잖아. 와, 그런데 대학생이 '텔 미 에브리씽' 같은 엄청난 작품의 시나리오를 썼다니. 진짜 부럽다."

"말 그대로 천재네, 천재."

내가 그 반응에 귀를 기울이고 있을 때, 성민아가 물었다.

"강의는 준비해 오셨죠?"

'아차차!'

그 질문을 들은 내가 당황했다.

성민아는 내게 MT에 참석할 때 특강을 해 달라고 부탁했었다. 그렇지만 근래에 워낙 경황이 없어서 깜박하고 특강 준비를 해 오지 않았던 것이었다.

당황한 내 표정을 확인한 성민아도 당황한 표정으로 물었다.

"준비 못 하셨어요?"

"네, 깜박했습니다."

"어쩌죠. 서진우 씨 특강을 듣기 위해서 다들 여기 모여 있는 건데."

"지금 하죠."

"네?"

"특강을 바로 하겠다고요."

지난 생에 이미 여러 편의 영화를 제작하며 영화계에 몸담았던 나다.

그래서 아마추어들인 '무비 스토커' 동아리 회원들에게 내 경험담을 얘기해 주는 것은 전혀 어려운 일이 아니었다.

"가능하겠어요?"

성민아는 불안한 시선을 던지고 있었지만, 난 힘주어 대답했다.

"전혀 문제없습니다."

　　　　*　　　　　*　　　　　*

"…그럼 제가 여러분께 질문을 하나 드리겠습니다. 좋은 영화를 제작하기 위해서 가장 중요한 것은 무엇일까요? 작품성과 상업성을 갖춘 훌륭한 시나리오? 연출력이 뛰어난 감독의 역량? 사람들의 마음을 훔칠 수 있는 배우들의 빼어난 연기? 대체 무엇이 가장 중요할까요?"

내가 질문하자, 서로 눈치를 살피던 회원들 중 누군가 손을 든다.

"영화는 감독의 예술이라고 불리니까, 감독의 연출력이 가장 중요하다고 생각합니다."

'이름이 뭐였더라?'

방금 손을 들고 감독의 연출력이 가장 중요하다고 대답했던 동아리 회원의 얼굴이 낯이 익다.

아니, 이곳에 모여 있는 대부분 회원들의 얼굴이 낯이 익다.

이번 생에 이들을 만나는 것은 처음이지만, 지난 생에 내가 '무비 스토커' 동아리에 가입했었기 때문에 낯이 익은 것이다.

"제 생각은 달라요. 저는 좋은 시나리오가 영화의 뼈대라고 판단합니다. 그래서 시나리오가 더 중요하다고 생각해요."

"저는 배우요. 배우가 연기를 통해서 제대로 감정을 전달하지 못하면 시나리오와 감독의 연출력은 의미가 없어질 테니까요."

중구난방으로 의견이 엇갈린다.

이제 정답을 알려 줄 때가 됐다고 판단한 내가 입을 뗐다.

"모두 틀렸습니다. 제가 생각하는 정답은… 사람입니다."

"사람… 요?"

"왜 사람이 가장 중요한 거죠?"

내가 사람이 정답이라고 밝혔지만, 납득한 표정을 짓는 회원은 없다.

어쩌면 당연한 일이다.

여기 모여 있는 '무비 스토커' 동아리 회원들은 영화가 좋아서, 또는 감독이나 배우가 되고 싶다는 꿈을 이루기 위해서 회원으로 가입한 아마추어들이다.

그들이 본 것은 이미 제작이 끝난 영화.

직접 한 편의 영화를 제작하는 과정에서 참여해 본 경험이 없기에 정답은 사람이라는 내 대답을 이해하지 못하는 것이다.

"영화도 결국 사람이 만드는 예술이거든요. 음, 너무 추상적인가요? 그럼 제가 제작에 참여해서 얼마 전에 개봉했던 '텔 미 에브리씽'이란 작품을 예로 들어 보겠습니다. 아까 민아 누나가 소개해 주신 대로 '텔 미 에브리씽'의 시나리오는 제가 썼습니다. 일단 시나리오 집필을 마치고 난 후, 제가 가장 고민했던 것은 완성한 '텔 미 에브리씽'의 시나리오를 갖고 누구를 찾아갈까였습니다. 그 고민 끝에 제가 선택한 사람은 여러분도 아시다시피 유니버스 필름 이현주 대표님입니다. 그리고 제가 이현주 대표님을 선택한 이유는… 영화 제작자로서 실력도 있지만 좋은 사람이었기 때문입니다. 이현주 대표님은 좋은 사람이기 때문에 주변에 역시 좋은 사람들이 모여 있을 것이라고 판단했고, 그 판단은 옳았습니다. 오승완이라는 최고의 감독님이, 또 이수성이라는 최고의 촬영 감독님이, 그 외에도 최고라고 인정받는 많은 스태프들이 이현주 대표님을 중심으로 합심해서 힘을 합쳤기 때문에 '텔 미 에브리씽'이 좋은 작품이라고 평가받으며 흥행에 성공할 수 있었던 겁니다. 만약 그중 하나라도 부족했다면, '텔 미 에브리씽'은 좋은 작품이 되지 못했을 겁니다."

내가 잠시 말을 멈춘 후 다시 이야기를 이어 나갔다.

"한 가지 더. 그럼 어떻게 하면 좋은 사람이 될 수 있을까요? 정답은 마음입니다. 영화를 사랑하는 마음, 사람들에게 선한 영향을 끼칠 수 있는 영화를 만들겠다는 열정을 갖는 것이 좋은 사람이 되는 지름길입니다. 여러분들이 좋은 사람, 또 좋은 영화인이 되길 바라며 이상으로 특강을 마치겠습니다."

짝짝, 짝짝짝.

박수가 터져 나온다.

그들 틈에 섞인 채 환하게 웃으며 박수를 치고 있는 성민아를 확인한 내가 그녀에게 다가갔다.

"아까 불편하셨습니까?"

"네?"

"호칭을 민아 누나라고 한 것 말입니까?"

"불편한 것은 아닌데 좀 이상했어요. 내가 나이가 더 많으니까 누나가 맞긴 한데, 이상하게 서진우 씨가 나보다 더 나이가 많다는 느낌을 받았거든요."

"지금도 이상한 것은 마찬가지인데요."

"뭐가요?"

"누나가 존댓말을 쓰고 있으니까요."

"그럼… 편하게 말해도 될까?"

"그게 편합니다."

"그래. 그럼 말 놓을게."

성민아가 말을 놓기 시작한 순간, 내가 물었다.

"그런데… 술은 안 마십니까?"

Chapter. 4

MT의 꽃은 술자리다.

'성비도 딱 좋네.'

MT에 참석한 '무비 스토커' 회원의 수는 대략 스무 명.

남녀 성비는 5 대 5였다.

게다가 배우 지망생이 많아서일까, 여대생들의 미모가 뛰어난 편이었다.

그렇지만 첫사랑 버프 때문일까.

내 눈에는 MT에 참석한 여대생들 중에서 성민아의 미모가 단연 돋보인다.

"진우야, 내 제안 수락해 줘서 고마워."

그런 그녀와 나란히 앉아서 술을 마시고 있으니 감회가 새롭다.

"초대해 주셔서 오히려 제가 감사합니다."

"술은 좀 마셔?"

"조금 합니다."

"그럼 한 잔 받을래?"

"미인이 주는 술을 거절하는 것, 예의가 아니라고 생각합니다."

"어머, 기분 좋게 말하는 재주도 있네."

예쁘다는 칭찬을 싫어하는 여자는 없다.

그건 성민아도 마찬가지다.

'하나도 안 떨리네.'

지난 생은 실패했다. 그렇지만 실패한 인생이라고 해서 아무것도 얻는 게 없었던 것은 아니다.

난 지난 생에 여러 차례 연애도 했고, 결혼도 했다.

아, 이혼도 했구나.

그 경험이 쌓인 덕분인지, 성민아의 옆에 앉아서 술을 마시며 농담을 하는데도 전혀 긴장되지 않는다.

그저 지난 생과는 달라져 있는 지금의 순간이 즐겁다.

"영화 제작에는 언제부터 관심이 있었던 거야?"

"어릴 적부터 영화를 좋아했는데 본격적으로 관심을 갖고 준비를 시작한 건 중학생 때입니다."

"그럼 그때부터 시나리오를 쓴 거야?"

"네."

"습작도 많이 있겠네. 언제 기회 되면 보여 줄 수 있어?"

"그건 안 됩니다."

"왜 안 된다는 거야?"

"습작한 작품들을 보고 나면 천재 서진우에 대한 환상이 깨져 버릴 테니까요."

"……?"

"형편없거든요."

"그러니까 더 궁금하잖아."

'이것도 다르네.'

지난 생의 성민아는 내게 관심이 없었다.

아니, 내 존재조차 몰랐다.

그런데 이번 생은 다르다.

그녀가 내 존재를 알고 있을뿐더러 지대한 관심을 드러내고 있다.

"참, 진우는 여자 친구 없어?"

"아직 없습니다."

"대시하는 여자, 없었어?"

"대시하는 여자들은… 있습니다."

신은하, 이태리, 그리고 채수빈까지.

지금 성민아와 다정하게 대화를 나누고 있는 내 모습을 보면 눈에 불을 켜고 달려들 여자들의 면면을 떠올렸을 때였다.

"신은하 씨, 맞지?"

"어떻게 아셨습니까?"

"여자의 직감."

'아, 그때 잠깐 대화를 했었지.'

'텔 미 에브리씽'의 시사회장에서 신은하와 성민아가 대화를 나누는 모습을 봤던 것을 내가 떠올렸을 때였다.

"신은하 씨는 대단한 미인이자 인기 스타잖아. 그런 신은하 씨가 대시하는데 왜 안 사귀는 거야?"

"제 스타일이 아닙니다."

내가 딱 잘라 대답하자, 성민아가 깜짝 놀라며 다시 묻는다.

"그럼 진우 네 이상형은 누군데?"

"누나요."

"방금… 누구라고 했어?"

"외모만 놓고 보자면 민아 누나가 제 이상형에 가깝습니다."

"……."

"좋으시겠네요. 저처럼 괜찮은 남자가 이상형으로 지목했으니까요."

"응? 응, 나쁘지 않네."

성민아는 당황한 기색이 역력하다. 그리고 얼굴을 붉히고 있는 성민아는 딱히 싫은 기색이 아니다.

'원 풀었네.'

한편 난 만족했다.

지난 생에 후회했던 것 중 하나.

성민아에게 고백도 해 보지 못하고 내 첫사랑이 끝났다는 것이었다.

그런데 이번 생에는 최소한 고백 비스무리한 것을 해 봤으니 후회는 남지 않았다.

"진우 너, 선수 아냐?"

"선수 아닙니다."

"하지만……."

"긴장해서 술잔이 벌벌 떨리는 것, 안 보이십니까? 이러다가 술을 쏟을 것 같으니 어서 건배하시고 한잔하시죠."

"응? 응, 그래."

술잔을 비운 후, 내가 고개를 돌린다.

달빛에 반사된 성민아의 얼굴.

첫사랑 버프 효과가 지속되고 있기 때문인지 성민아는 여전히 예쁘다.

그때, 성민아가 조심스럽게 입을 뗐다.

"나한테 고민할 시간을 좀 줄래?"

*　　　*　　　*

성준 대학교 체육 교육학과 정기 MT.

"선배님, 한 잔 받으시죠."

이름도 기억 나지 않는 신입생이 소주병을 들고 공손하게
말했지만, 남우철은 잔을 드는 대신 거꾸로 뒤집어 버렸다.

"안 마셔, 이 새끼야."

남우철이 벌떡 일어나자, 옆에 앉아 있던 박병훈이 물었다.

"어디 가?"

"술맛 떨어져서 담배 피우러 간다. 왜?"

"의리 없는 새끼, 같이 가."

박병훈이 재빨리 일어나 따라붙었다.

"호호."

"호호홋."

방문을 열고 나온 남우철의 귀에 들려온 것은 화기애애한
웃음 소리였다.

담배를 꺼내는 것도 잊고 화기애애한 웃음소리가 들려오는
옆 펜션을 바라보다가 혼잣말을 꺼냈다.

"분위기 참 대조적이네."

"내 말이."

"어느 학교 애들이야?"

"그건 나도 모르겠고, 아까 얼핏 듣기로는 무슨 영화 동아
리라고 하던데."

"영화 동아리? 그래서 기집애들이 저렇게 반반한 거구면."

시큼한 사내 냄새로 진동하는 방안에만 틀어박혀 있다가 예쁜 여자들이 모여 있는 것을 보고 나니 더 빈정이 상했다.

"시발, 저런 데서 술을 마셔야 술맛이 나지."

"아주 꽃밭이구먼. 겁나 부럽네."

"빨리 가자."

"왜 가? 눈 호강 하고 좋구먼."

"배알이 꼴려서 더는 못 보겠으니까 빨리 가."

남우철이 비틀비틀 걸음을 옮겼다.

"새끼, 수진이랑 헤어지고 나서 어지간히 외로운가 보네. 그럼 다시 만나 달라고 애원이라도 하든가."

"새끼야, 입 안 닥칠래?"

수진이 생각을 하니 더욱 기분이 가라앉았다.

딸깍.

담배에 불을 붙이고 깊이 빨아들였다.

술을 많이 마신데다가 담배까지 피우고 나니 어지러울 지경이었다.

"기분 진짜 엿 같네."

퉤엣.

남우철이 가래침을 바닥에 뱉었을 때였다.

"우철아."

박병훈이 어깨를 두드렸다.

"또 왜? 수진이 그년 얘기 한 번만 더 하면 아구통 날아간다."

"저기 봐."

"뭘 보라는 거야?"

"저년 말이야. 몸매 진짜 끝내준다. 얼굴도 반반하고."

박병훈이 손으로 가리키는 방향으로 고개를 돌린 남우철의 눈에 술에 취한 듯 비틀거리며 혼자 걸어가는 짧은 치마를 입은 여자가 보였다.

'아까 봤던 기집애네.'

옆 펜션에 숙소를 잡은 여자들을 관심 있게 지켜봤기에 남우철은 금세 그 여자들 중 한 명임을 알아챘다.

"수진이보다 백배는 예쁘네."

"이 새끼가."

"왜 화를 내고 지랄이야? 수진이보다 더 예쁘다고 해서 열받았어? 혹시 아직도 수진이에게 마음 있어?"

"그게 아니라… 수진이 얘기 하지 말라고 했잖아."

퍽.

남우철이 아까 경고했던 대로 주먹을 휘두른 후, 휘적휘적 걸음을 옮겼다.

"야, 어디 가?"

명치를 얻어맞고 고통스러워하던 박병훈이 물었다.

"술 마시러 간다."

"취했냐? 우리 숙소는 반대쪽이야."

"내가 대가리에 총 맞았냐? 저 칙칙한 데서 술 마시게."

남우철이 걷는 속도를 올려서 여자의 옆으로 따라붙으며 제안했다.

"아가씨, 좀 취한 것 같은데 오붓하게 같이 술 한잔 더 할까?"

"누구……?"

"아가씨가 마음에 들어서 술 한잔 사 주려는 사람."

남우철이 여자의 손목을 홱 낚아챘다.

"따라와."

"싫어요."

여자는 완강하게 버티려 했지만, 남우철의 힘을 감당하기에는 역부족이었다.

"싫다니까요."

여자가 재차 거부 의사를 밝힌 순간, 남우철이 협박했다.

"조용히 해. 맞고 끌려갈래? 안 맞고 순순히 따라올래?"

남우철이 사나운 표정을 지은 채 여자를 노려보았다.

기세에 눌린 여자가 흠칫 할 때였다.

"그 손 안 놔!"

등 뒤에서 누군가의 목소리가 들려왔다.

"진수 오빠, 도와줘요."

여자가 도움을 요청하는 것을 확인한 남우철이 몸을 돌렸다.

"일행이야?"

"그… 그래, 빨리 그 손……."

"모른 척해. 뒈지기 싫으면."

"그럴 수는……."

남자는 원래 하려던 말을 마치지 못했다.

박병훈이 수도로 남자의 목덜미를 후려쳤기 때문이었다.

"진수 오빠."

여자가 안타깝게 소리친 순간, 남우철이 손으로 여자의 입을 틀어막았다.

"거봐. 그냥 순순히 따라왔으면 저 새끼는 안 다쳤을 것 아냐?"

남우철이 여자의 입을 손으로 막은 채 움직이기 시작했다.

박병훈이 재빨리 따라붙었다.

"야, 같이 가."

그가 히죽 웃으며 덧붙였다.

"살아도 같이 살고, 죽어도 같이 죽어야지."

*　　　　*　　　　*

밤이 깊어지면서 분위기도 달아올랐다.

술에 얼큰하게 취한 '무비 스토커' 동아리 회원들은 무리를 지어 술잔을 나누며 대화를 이어 갔다.

나 역시 한 무리에 속해 있었다.

"히치콕 영화 중 최고는 뭐니 뭐니 해도 사이코죠."

"사이코도 좋았지만 난 개인적으로 현기증이 히치콕 최고의 역작이라고 생각해. 그 옛날에 그런 생각을 했다는 것이 감탄스럽기 그지없어."

"저는 개인적으로 히치콕의 연기도 좋았어요."

"맞아. 전문 배우가 아닌데도……."

거장 알프레도 히치콕을 주제로 이런저런 대화가 오가고 있었지만, 난 다른 생각에 잠겨 있었다.

'예전에는 무리에 끼지도 못했지.'

'무비 스토커' 동아리에 가입한 회원들이 대부분 명문대 재학생이었지만, 난 지잡대인 상춘대학교 재학생이었다.

그래서 무척 자존감이 낮았다.

게다가 숫기도 없는 편이었기에 먼저 다가가지도 못했다.

그러다 보니 무리에 끼지 못하고 난 항상 겉돌았다.

그렇지만 이제는 달랐다.

날 중심으로 무리가 이루어져 있었다.

"민아 언니, 아까부터 지희가 안 보여요."

그때, 조소영이 우리 테이블로 다가와 걱정스러운 표정으로 말했다.

"좀 전에 보니까 좀 취한 것 같던데. 잠깐 바람 쐬러 간 것 아닐까?"

"그렇겠죠?"

"그래. 조금만 더 기다려 보자."

조소영이 고개를 끄덕였을 때였다.

"큰일 났어."

백진수가 달려와서 숨을 헐떡이며 소리쳤다.

'무슨 일이지?'

분위기가 심상치 않음을 알아챈 내가 자리에서 일어섰을 때, 백진수가 숨을 돌리지도 못하고 다시 소리쳤다.

"지희가… 지희가 웬 놈들에게 끌려갔어. 그래서 내가 구하려고 했는데… 그러려고 했는데……."

"지희는 지금 어디 있는데요?"

조소영이 재빨리 질문했지만, 백진수는 고개를 가로저었다.

"모르겠어. 내가 정신을 잃었다가 다시 깨어났을 때는 지희가 보이지 않았어."

"지희가 끌려갈 동안 진수 오빠는 대체 뭘 했어요?"

"나도 구하려고 했는데… 어떻게든 도와주려고 했는데……."

'역부족이었겠지.'

분위기가 심상치 않음을 깨달은 내가 벌떡 일어섰다.

"지금 누구의 잘잘못을 따질 때는 아닌 것 같습니다. 사라진 송지희 씨를 찾는 게 더 급한 일이죠."

"그래, 진우 말이 맞아."

성민아가 내 의견에 동의한 순간, 내가 다시 물었다.

"송지희 씨를 마지막으로 본 게 어디입니까?"

"산책로 끝나가는 무렵인데 정확한 위치는……."

"앞장서시죠."

송지희가 위험에 처한 상황이니 일단 구하고 봐야 했다.

내 말을 들은 백진수가 허둥대며 몸을 돌려 달려가기 시작했다.

"지희, 괜찮겠지?"

"괜찮길 바라야죠."

성민아에게 짤막하게 대답한 후 뛰어가던 내가 멈춰 섰다.

'목검이 있으면 좋을 텐데.'

MT를 오는데 목검을 챙겨 왔을 리가 없었다. 그래서 목검 대용으로 사용할 만한 무기를 찾아 두리번거리던 내 눈에 바닥에 뒹굴고 있는 목제 의자 다리가 보였다.

'아쉬운 대로 이거라도 챙기자.'

의자 다리를 집어 든 내가 백진수의 뒤를 쫓기 시작했다.

"여기야."

약 십여 분 후, 백진수가 가쁜 숨을 몰아쉬며 소리쳤다.

"여기서 지희가 납치됐어."

"몇 명입니까?"

"내가 본 건 두 명이야."

'백진수가 정신을 잃었던 시간이 얼마나 되는지를 몰라. 최

대한 빨리 송지희를 찾아야 큰일이 벌어지는 걸 막을 수 있어.'

빠르게 계산을 마친 내가 말했다.

"흩어져서 찾아야 할 것 같습니다."

"그래, 진우 말대로 흩어져서 찾자."

성비를 확인한 내가 다시 입을 뗐다.

"남자 두 명, 여자 두 명, 이렇게 짝을 지으면 네 팀이 됩니다. 팀별로 흩어지죠."

자연스레 팀이 구성됐다.

나는 백진수, 성민아, 조소영과 함께 팀을 이룬 채 가장 숲이 우거진 왼편으로 향했다.

"지희야, 무사해야 해."

송지희와 친한 조소영이 울먹이며 기도했다.

"내가 어떻게든 구했어야 했는데."

백진수는 침통한 표정으로 자책했다.

앞장서서 걸음을 옮기던 내가 태극일원공을 끌어올렸다.

"태극일원공을 꾸준히 수련하면 일반인과 비교할 수 없을 정도로 감각이 예민해진다."

한반도의 이름 없는 영웅인 무휼이 했던 말이 떠올랐기 때문이었다.

태극일원공을 끌어올린 채 걸음을 옮기기를 한참.

"살려… 주세요."

내 귀에 흐느끼는 소리가 들려왔다.

"들었습니까?"

내가 걸음을 멈추며 일행을 향해 물었다.

그러나 일행들은 아무것도 듣지 못했다는 듯 고개를 흔들었다.

"제발… 제발… 살려 주세요."

하지만 내 귀에는 송지희가 흐느끼며 살려 달라고 애원하는 소리가 분명히 들리고 있었다.

'좌측.'

그 소리가 들려오는 방향을 가늠한 내가 목소리를 낮춘 채 말했다.

"송지희 씨를 찾은 것 같습니다. 절 따라오시죠."

의자 다리를 쥔 손에 힘을 주며 내가 소리가 들려온 것으로 추정되는 근처까지 다가가서 걸음을 멈추었다.

"나와!"

"……."

"거기 있는 것 알고 있으니까, 빨리 나오라고."

부스럭.

내가 재촉하고 난 후 우거진 수풀을 헤치고 한 사내가 걸어 나왔다.

190cm에 육박하는 거구에 다부진 체격을 확인하자마자 난 사내가 운동을 했다는 사실을 빠르게 간파했다.

"이 새끼, 맞아. 지희를 끌고 간 게 이 새끼가 맞다고."

백진수가 사내의 얼굴을 알아보았다.

그렇지만 사내는 당황하지 않았다.

"입을 삐뚤어져도 말은 바로 해야지. 내가 끌고 온 게 아니라 같이 술 마시러 온 거야."

"헛소리하지 마. 내가 지희 입을 막고 끌고 가는 것, 똑똑히 봤어."

"그렇게 못 믿겠으면 물어보든가."

"뭐?"

"그년, 저기 있으니까 가서 물어보라고."

아까 자신이 걸어 나온 수풀 쪽을 턱짓으로 가리키며 남자가 말했다.

"지희야, 어디 있어?"

죄책감이 커서일까.

백진수는 누가 말릴 새도 없이 수풀 쪽으로 달려갔다. 하지만 수풀 뒤편에서 송지희를 데리고 나오지는 못했다.

퍽.

"큭!"

타격음과 짧은 비명이 거의 동시에 터져 나왔다. 그리고 수풀 뒤에서 걸어 나온 것은 백진수가 아니라 또 다른 정체 모를 사내였다.

"어쩔래?"

"어쩌긴, 홍이 더 돋네."

"응?"

"끝내주지 않냐?"

사내들의 시선은 성민아와 조소영에게 향해 있었다.

그런 그들의 두 눈에 깃든 감정은 욕정.

그 시선을 알아챈 성민아와 조소영이 겁에 질렸다.

"너무 걱정하지 마시고 제 뒤로 오십시오."

그녀들을 안심시키며 내가 두 눈을 빛냈다.

'첫 실전!'

한반도의 이름 없는 영웅인 무휼에게서 전수받은 칼춤을 틈날 때마다 수련했다.

하지만 어디까지나 수련이었을 뿐.

실전에서 칼춤을 사용하는 것은 이번이 처음이었다.

'먹힐까?'

확신을 갖지 못하고 있을 때, 우측 사내가 말했다.

"뒈지기 싫으면 빨리 꺼져. 아, 여자들은 두고 가야 하고."

"그럴 수는 없지."

"형이 따로 힘 쓸 데가 있거든. 힘 아끼고 싶어서 아량을 베푸는 거니까, 좋은 말로 할 때 꺼지라니까."

"그렇게는 못 한다니까."

내가 의자 다리를 고쳐 쥐는 모습을 확인한 사내가 코웃음을 쳤다.

"그걸로 뭐 어쩌려고?"

"……."

"하여간 말귀를 못 알아 처먹어요. 그럼 어쩔 수 없지. 처맞고 뒈져야지."

우측 사내의 눈짓을 받은 좌측 사내가 달려왔다. 그리고 다짜고짜 내 얼굴을 노리고 주먹을 휘둘렀다.

"깍!"

"까악!"

갑에 질린 성민아와 조소영이 비명을 내질렀다.

부웅.

파공음을 일으키는 사내의 주먹에는 힘이 실려 있었다.

두 눈을 크게 뜨고 사내의 공격을 살피던 내가 한 생각.

'느려.'

너무 느리다는 것이었다.

그 생각과 동시에 오른손에 들려 있던 의자 다리를 위로 쳐올렸다.

퍽.

내가 쳐 올린 의자 다리가 주먹을 휘두르던 사내의 팔꿈치를 가격했다.

뚝.

뭔가 부러지는 소리가 들린 후 사내가 괴성을 내질렀다.

"으아아악!"

허물어지듯 바닥에 쓰러진 사내가 팔을 부여잡고 고통에 겨워 몸부림치기 시작했다.

'연기하는 거야? 진짜 아픈 거야?'

내가 당혹스러운 표정으로 고통스러워 하는 사내를 내려다 보았다.

'병신 새끼, 뭐 하는 거야?'

팔꿈치를 부여잡고 고통을 못 이기고 바닥을 데굴데굴 구르는 박병훈을 바라보던 남우철의 미간이 일그러졌다.

딱 봐도 비리비리한 놈이었다.

그래서 박병훈이 금세 처리할 거라고 예상했는데.

그 예상이 빗나간 것이었다.

'검도라도 배웠나?'

술이 확 깬 남우철이 고개를 좌우로 꺾었다.

우둑, 우두둑.

보아하니 검도를 배운 듯 보였지만, 남우철은 유도 유단자 였다.

그것도 고등학교 때는 국가 대표 상비군에도 뽑혔을 정도 의 실력자.

만약 부상만 당하지 않았다면 이미 국가 대표로 아시안 게 임에 출전했을 수도 있었다.

어쨌든 그런 자신이 동네 체육관에서 어설프게 검도를 배운 놈에게 당할 리는 없었다.

거기까지 생각이 미친 남우철이 여유를 되찾고 다시 남자의 뒤편에 서 있는 여자들을 바라보았다.

'죽이네.'

성민아에게서 시선을 떼지 못하던 남우철이 그녀와 시선이 마주친 순간, 씨익 웃으며 말했다.

"조금만 기다려. 아주 재밌게 놀아 줄 테니까."

욕정에 눈이 멀어 버린 남우철이 나무 막대기를 들고 있는 사내에게 달려들었다.

부웅.

이미 대비하고 있던 사내는 위에서 아래로 나무 막대기를 내려쳤다.

'잡히기만 하면 끝이다.'

남우철이 피하는 대신 왼팔을 들어 올렸다.

왼팔로 공격을 막은 후, 오른팔로 사내의 멱살을 낚아채서 땅바닥에 메다꽂으면 끝이라는 계산을 한 것이었다.

퍼억.

그 계산대로 들어 올린 왼팔로 아래로 떨어지는 나무 막대기를 막아 냈던 남우철의 입이 떡 벌어졌다.

뚝.

뼈가 부러지는 소리가 귓가에 천둥소리처럼 크게 들렸다.

뒤이어 팔이 떨어져 나갈 듯한 엄청난 통증이 밀려들었다.

"끄으윽."

피가 날 정도로 입술을 꽉 깨문 남우철의 눈에 바닥에 쓰러진 채 고통스러워하는 박병훈의 모습이 들어왔다.

'이래서였구나.'

박병훈이 엄살을 부린 게 아니었다.

아무렇게나 휘두른 것 같은 사내의 나무 막대기에는 엄청난 힘이 실려 있었다.

바닥에 주저앉아 버리고 싶은 것을 꾹 참고 남우철이 계획대로 오른팔을 쭉 뻗었다.

와락.

'잡았다. 넌 이제 끝났어.'

계획대로 사내의 멱살을 틀어쥐는데 성공한 남우철이 쾌재를 부르며 오른손에 힘을 주려 했을 때였다.

덥썩.

사내가 왼손으로 멱살을 틀어진 손목을 움켜잡았다.

'흥!'

남우철이 코웃음을 치며 오른팔에 힘을 더했다.

이대로 들어서 땅바닥에 메다꽂기만 하면 끝나는 것이었는데.

'왜 이래?'

남우철의 얼굴이 시뻘겋게 달아올랐다.

아무리 용을 써도 팔에 힘이 제대로 들어가지 않으며 사내를 위로 들어 올릴 수가 없어서였다.

'이 새끼, 뭐야?'

그 이유가 자신의 손목을 움켜쥔 사내의 악력 때문임을 뒤늦게 알아챈 남우철이 당황했을 때였다.

사내가 씨익 웃었다.

퍽.

그리고 나무 막대기에 얻어맞은 허벅지에서 전해지기 시작하는 지독한 통증.

남우철은 그대로 바닥에 쓰러져 버리고 싶었다.

그렇지만 쓰러지는 것도 뜻대로 되지 않았다.

오른 손목을 꽉 움켜쥐고 있는 사내의 손에 담긴 힘 때문이었다.

퍼억.

그때, 또 한 번 타격음이 울려 퍼졌다. 그리고 이번에 맞은 곳은 급소였다.

이전과는 차원이 다른 통증에 남우철의 눈이 뒤집어졌다.

"너 이 새끼, 내가… 내가 누군지 알아?"

왜애앵, 왜애앵.

남우철이 마지막 힘을 짜내 말을 마쳤을 때, 경찰차의 사이렌 소리가 들려왔다.

              *   *   *

　청평 경찰서 강력 2팀 사무실.

　피해자인 송지희와 함께 참고인 진술을 하기 위해서 난 성민아, 백진수와 함께 순찰차를 타고 청평 경찰서에 도착했다.

　"한영대학교 학생이고, 청평 펜션으로 MT를 와서 술을 마시던 도중에 술을 깨기 위해서 산책을 나갔다가 끌려갔다. 맞아?"

　"소희는 한영대학교 학생이 아니에요. 제가 한영대학교를 다니고, 소희는 대진대학교를 다녀요."

　"아까는 한영대학교 재학생이라며?"

　"저희는 대학 연합 동아리에요. 그래서 다니는 학교가 다 달라요. 그러니까 대진대학교를 다니는 소희가 우리 동아리 회원인데……."

　조폭처럼 깍두기 머리를 한 강력계 형사가 던지는 질문에 성민아가 성심성의껏 대답하는 사이, 난 아까 벌어졌던 상황을 복기했다.

　남우철, 그리고 박병훈.

　경찰서에 도착한 후 난 아까 내가 싸웠던 놈들의 정체를 알게 됐다.

　성준대학교 체육 교육학과에 재학 중인 유도 특기생.

　'내가 유도 특기생들을 이겼다?'

내가 배운 운동은 태권도가 전부.

그것도 꾸준히 다녔던 것이 아니었다.

초등학생 때 끈기가 없었던 난 파란 띠를 따고 태권도 학원을 그만두었으니까 말이다.

그런 내가 유도 특기생으로 성준대학교 체육 교육학과에 입학한 남우철과 박병훈을 제압한 것은 한반도의 이름 없는 영웅인 무휼이 전수해 준 태극일원공과 칼춤을 빼고는 설명할 방법이 없었다.

'쓸모가… 있네.'

첫 실전을 치룬 후, 난 무척 고무됐다.

태극일원공과 칼춤의 위력과 효용을 확인했기 때문이었다.

그때였다.

"저쪽 이야기는 다르던데?"

각두기 머리를 한 강력계 형사 이구호가 팔짱을 낀 채 덧붙였다.

"술 같이 마시자고 먼저 꼬리 친 것은 송지희라는 대학생이라고 하던데. 그리고 피해자 행세를 하는 것은 돈 뜯어내려는 목적이라고 주장하고 있고."

"그게 무슨 말도 안 되는 소리예요? 지금 소희가 꽃뱀이라는 거예요?"

"저쪽 주장에 따르면 그래."

"소희는 그런 애 절대 아니거든요."

"그거야 모르지."

"모르긴 뭘 모른단 거예요?"

"부잣집 아들이란 거 알고 먼저 유혹해서 이런 일을 벌였을 수도 있다. 뭐, 그런 의심이 아주 안 드는 것은 아니거든."

성민아와 이구호 사이에 오가는 대화를 듣고 있던 내가 슬쩍 눈살을 찌푸렸다.

이구호가 피해자가 아닌 가해자 입장을 대변하고 있다는 느낌을 받았기 때문이었다.

'분위기가 좀 이상한데.'

내가 의심을 품은 결정적인 계기.

이구호가 남우철과 박병훈을 부잣집 아들이라고 언급한 것이었다.

무심코 꺼낸 말이겠지만, 이구호가 가해자인 남우철과 박병훈에 대해서 잘 알고 있다는 느낌을 받기에는 충분했다.

그때였다.

"내가 보기엔 쌍방 폭행인 것 같은데. 그리고 피해 정도는 저쪽이 훨씬 더 심하고. 뼈가 부러졌거든."

이구호가 날 보며 말했다.

'확실히 이상하네.'

명백한 성폭행 미수 사건.

그럼에도 불구하고 이구호는 쌍방 폭행 사건으로 물타기를 하며 몰아가고 있었다.

'뭔가 있다.'

이상하다는 직감이 든 내가 일어섰다.

"화장실 좀 다녀오겠습니다."

"빨리 갔다 와."

강력 팀 사무실을 빠져나온 내가 잠시 망설이다가 휴대 전화를 꺼내서 천태범에게 전화를 걸었다.

*　　　　*　　　　*

"이 새끼, 내가 누군지 알고."

우드득.

남우철이 이를 갈았다.

퉁퉁 부은 왼팔이 욱신거릴 때마다, 남우철의 분노는 더 커져 갔다.

그 분노는 변호사인 황동량이 등장하고 나서야 조금 가라앉았다.

"여자는 꽃뱀으로 몰고, 쌍방 폭행 사건으로 처리하겠습니다."

아버지인 남기홍의 회사인 명청건설의 고문 변호사 황동량이 계획을 밝혔다.

"회장님의 입김이 안 닿는 곳이 없으니까 청평서 형사들이 협조해 주면 잘 처리될 것 같습니다."

황동량의 이야기가 끝났지만, 남우철은 만족하지 못했다.

"이거 안 보여?"

퉁퉁 부은 왼팔을 들어 올리며 남우철이 쏘아붙였다.

"그 새끼, 보통 놈이 아니야. 무술을 제대로 배운 놈이라고. 그런 놈이 폭행하면 가중 처벌 받는다면서?"

"그렇긴 한데……."

"그럼 그렇게 만들어."

"하지만 도련님도 유단자라서……."

"그래서 못 한다고? 하, 우리 아버지 돈을 그렇게 받아 처먹었으면서 이 정도도 못 한다? 진짜 안 되겠네."

"……."

"밥줄 끊기고 싶어?"

"아닙니다. 어떻게든 방법을 찾아 보겠습니다."

"우리 아버지 돈으로 계속 호의호식하고 싶거든 무슨 수를 써서라도 방법을 찾아."

남우철이 담배를 꺼내서 입에 물었다.

황동량이 주머니에서 라이터를 꺼내서 불을 붙여 주려고 했지만, 남우철은 뿌리쳤다.

"쓸데없는 짓 하지 말고, 이럴 시간에 빨리 나가서 아까 말한 방법이나 찾아봐."

"알겠습니다."

후우.

취조실을 빠져나온 황동량이 긴 한숨을 내쉬었다.

"싸가지 없는 새끼."

아직 새파랗게 어린 놈이 반말을 찍찍 내뱉는 것부터 마음에 들지 않았다.

"개차반인 성격이 지 애비를 똑 닮았군."

황동량이 담배를 꺼내 입에 물었다.

후우.

담배 연기를 깊숙이 빨아 들였다가 내뱉은 황동량이 마음을 진정시켰다.

"먹고 살려면 어쩔 수 없지."

청평에서 남기홍 회장의 영향력은 무척 컸다. 그리고 황동량도 남기홍 회장에게서 녹을 받아먹고 있는 입장이었기에 아니꼽더라도 남우철을 도와야 했다.

이것이 황동량의 일이었으니까.

황동량이 휴대 전화를 꺼내서 청평 지검 검사장인 배민수에게 전화를 걸었다.

뚜우우, 뚜우우.

사시 2기수 선배인 배민수는 늦은 시간임에도 바로 전화를 받았다.

"어, 황변."

"선배님, 늦은 시간에 죄송합니다. 부탁드릴 일이……."

"들었어."

"네?"

"남회장이 직접 연락했더라고. 주 검사 보냈으니까 둘이서 시나리오 잘 짠 후에 검찰로 사건 이송해."

"알겠습니다. 그리고 감사합니다."

"서로 아는 처지에 감사는 무슨, 곧 한잔하자고."

"다시 연락드리겠습니다."

후우.

배민수와의 통화를 마친 황동량이 담배 연기를 내뿜었다.

"안됐네."

송지희와 그녀를 돕기 위해서 나섰던 친구들.

엄연히 피해자였다.

그러나 형사들과 검사들까지 모두 동원됐으니 그들은 피해자가 아니라 가해자로 둔갑할 터였다.

그 사실을 잘 알기에 황동량은 안타까운 마음이 든 것이었다.

"사람을 잘못 건드렸어. 그냥 운이 없었다고 생각해."

위로라도 하듯 혼잣말을 꺼낸 황동량이 씁쓸한 표정으로 담배를 비벼 끄고 서둘러 걸음을 옮겼다.

*　　　　　*　　　　　*

"주 검사님께서 이 시간에 여긴 어떻게……?"

이구호가 벌떡 일어나며 인사했다.

무스를 발라서 머리를 올백으로 넘긴 사내가 못마땅한 표정으로 대답했다.

"지청장님이 특별히 관심을 갖고 계신 사건이라서 직접 챙기러 나왔어."

"아, 네."

"브리핑해 봐."

"양측 주장이 엇갈리고 있는데… 쌍방 폭행인 것 같습니다."

"쌍방 폭행?"

올백 남자가 천천히 고개를 끄덕이는 모습을 지켜보던 내가 고개를 돌렸다.

쌍방 폭행이 아니라고 이미 수십 차례 주장한 상황.

그렇지만 이구호는 그 주장을 귀담아 듣지 않았다.

쇠귀에 경 읽는 것이나 마찬가지인 상황이라 성민아와 백진수는 지친 듯 입을 꾹 다물고 있었다.

"쌍방 폭행이긴 한데 의뢰인들의 피해 정도가 심각합니다."

그때, 두툼한 돋보기안경을 쓴 남자가 강력반 사무실에 합류했다.

'얼씨구, 변호사까지.'

돋보기안경을 쓴 남자가 의뢰인이라는 표현을 쓴 것.

남우철과 박병훈의 변호를 맡은 변호사라는 증거였다.

'완전 개판이네.'

내가 혀를 끌끌 찼다.

사건 담당 형사는 피해자들의 주장을 묵살하고 성폭행 미수 사건이 아니라 쌍방 폭행 사건으로 몰아갔다.

검사는 그런 형사가 짠 시나리오에 만족감을 표했고, 때마침 등장한 변호사는 쌍방 폭행 사건이지만 남우철과 박병훈의 피해 정도가 더 크다고 주장하며 피해자 코스프레를 하고 있었다.

'환상의 컬래버레이션이네.'

내가 속으로 생각할 때, 변호사가 다시 말했다.

"의뢰인 중 한 명은 운동선수입니다. 그런데 뼈가 부러지면서 향후 운동선수 생활을 이어 나가지 못할 수도 있습니다."

그 말을 들은 검사가 양손을 바지 주머니에 꽂은 채 우리 앞으로 다가왔다.

"한 사람 인생 망쳤으면 대가를 치러야지. 그게 공평한 것, 아냐? 내가 책임지고 콩밥 먹여 줄게."

그 말을 들은 내가 입을 뗐다.

"그런데 누구십니까?"

"나? 청평 지청 주종민 검사다. 내 이름 똑똑히 기억해 둬. 널 콩밥 먹게 해 줄 사람이니까."

"이게 끝입니까?"

"무슨 소리야?"

"전후 관계와 사실 관계 확인도 하지 않는 겁니까?"

"여기 이 형사가 다 했잖아?"

"진짜… 어이가 없네."

"뭐?"

"얼마나 받습니까?"

"너, 방금 뭐라고 했어?"

"이렇게 엉터리로 사건 조작하면 명청건설 남기홍 회장에게서 얼마나 받는지 궁금해서 물었습니다."

내가 정곡을 찔렀기 때문일까.

주종민의 얼굴이 벌겋게 달아올랐다.

"무슨 헛소리를 지껄이는 거야? 너 이 새끼, 아직 새파랗게 어려서 세상 무서운 줄 모르지. 내가 세상이 얼마나 무서운지 이번에 확실히……."

"세상 무서운 것은 몰라도 하나는 확실히 압니다."

"……?"

"비리 검사는 벌 받아야 한다는 것."

"이 새끼가 주제도 모르고."

주종민이 더 참지 못하고 내 앞으로 다가와 멱살을 틀어쥐고 눈을 사납게 부라렸다.

그렇지만 난 그 시선을 피하지 않은 채 아직 못다 한 말을 덧붙였다.

"그리고 정의는 결국 승리한다는 것도."

"이 새끼가 끝까지……."

왼손으로 내 멱살을 틀어쥔 주종민이 오른손으로 내 뺨을 때리려 했다.

물론 난 순순히 맞아 줄 생각이 없다.

덥썩.

내가 주종민의 오른 손목을 움켜쥔 채 태극일원공을 끌어 올렸다.

손목을 움켜쥔 손에 힘을 더하자, 주종민이 두 눈을 치켜떴다.

'확 꺾어 버려?'

조금만 더 힘을 주면 주종민의 손목을 부러트리는 것이 가능했다. 그래서 고민하고 있을 때였다.

"지금 뭣들 하는 거야?"

내 등 뒤에서 노성이 들려왔다.

그 목소리가 낯이 익다는 것을 알아챈 내가 고개를 갸웃했다.

'이청솔 차장 검사님이 왜 오신 거지?'

난 이청솔 차장 검사에게 연락하지 않았다.

분위기가 이상하게 돌아간다는 직감을 받자마자 난 천태범 변호사에게 연락해서 상황을 좀 알아봐 달라고 부탁했었다.

그런데 이청솔이 예기치 못하게 찾아와 있었다.

'어떻게 알고 오신 거지?'

이청솔을 발견하자 일단 반가웠다.

그렇지만 지금 반갑게 인사를 나눌 상황은 아니었다.

"그 손 내려놓지 못해?"

실상은 내가 주종민의 팔을 꽉 잡고 놓아주지 않는 상황이었다.

하지만 이청솔의 눈에는 주종민이 날 폭행하려는 것처럼 보일 터였다.

그래서 차가운 목소리로 일갈을 내지르는 이청솔을 향해 내가 새삼스러운 시선을 던졌다.

'낯설다.'

이청솔이 화를 내는 모습을 본 것, 이번이 처음이었다.

그래서 생소하단 생각과 함께 든 생각.

차장 검사 자리는 역시 고스톱 쳐서 딴 게 아니란 것이었다.

일갈을 내지르고 있는 이청솔 검사의 기세는 서릿발 같았다.

그 기세에 눌려 버린 주종민은 당황한 기색이 역력했다.

"누구……?"

"내가 묻고 싶은 말이다. 너 누구야?"

"청평 지청 평검사 주종민입니다."

"서부 지검 이청솔 차장이다."

이청솔이 신분을 밝히자마자, 주종민의 낯빛이 창백하게 질렸다.

"서부 지검 차장 검사… 님요?"

그리고 이청솔의 예기치 못한 등장으로 인해 당황한 것은 이구호와 변호사도 마찬가지였다.

"서부 지검 차장 검사님께서 여긴 무슨 일로……?"

주종민이 말을 더듬거리며 물었다.

"그것도 내가 묻고 싶은 말이다."

"……?"

"사건 터진 지 몇 시간도 안 됐는데 왜 검사가 지청에서 곱게 기다리지 않고 경찰서까지 직접 기어 나왔어?"

"그건……."

"사건 청탁이라도 받았어?"

이청솔이 직설적으로 묻자, 주종민의 말문이 막혔다.

"대답 못 하는 것 보니 맞네."

주종민을 노려보며 코웃음을 친 이청솔이 그제야 내 앞으로 다가왔다.

"후배님, 괜찮아?"

"별로 안 괜찮습니다."

"어디 다쳤어?"

이청솔이 표정을 굳히며 질문한 순간, 내가 대답했다.

"마음을 다쳤습니다. 성준대학교 체육 교육학과 재학생인 남우철과 박병훈은 저의 일행인 송지희 씨를 강제로 끌고 가서 성폭행을 하려는 시도를 했습니다. 송지희 씨를 구하는 과정에서 다툼이 있었지만, 어디까지나 정당방위였습니다. 그런데 경찰은 우리의 주장을 묵살하고 남우철과 박병훈의 주장에만 의존해서 성폭행 미수 사건이 아니라 쌍방 폭행 사건으로 몰고 가고 있습니다. 피해자가 가해자로 둔갑될 상황이니 어찌 마음의 상처를 입지 않겠습니까?"

'꼭 초등학생 시절로 돌아간 것 같네.'

이청솔에게 지금까지의 상황에 대해서 설명하던 내가 퍼뜩 떠올린 상황이었다.

애들 싸움을 부모님에게 일러바치는 느낌이어서였다.

그리고 이청솔은 진짜 부모님처럼 든든하게 내 편을 들어주었다.

"전부 맞아?"

"그게……."

이청솔의 질문에 주종민이 바로 대답하지 못하고 눈알을 굴렸다.

그 모습을 확인한 이청솔이 다시 질문했다.

"지청장이 누구야?"

"배민수 지청장님입니다."

"배민수?"

"아… 십니까?"

"잘 알지. 전화 걸어."

"네?"

"당장 지청장에게 전화 때리라고."

이청솔이 재촉하자 주종민이 더 버티지 못하고 휴대 전화를 꺼냈다.

"지청장님, 저 주종민 검사입니다. 늦은 시간에 연락 드려서……."

"바꿔."

이청솔이 손을 내밀자, 주종민이 지청장과 통화하던 휴대 전화를 공손히 건넸다.

"나 서부 지검 이청솔이다. 기억하지? 그래, 오랜만이다. 청평에는 무슨 일이냐고? 내가 잘 아는 후배가 불미스러운 사건에 휘말려서 직접 처리하러 왔다. 그래, 아주 친한 후배……."

휙.

"받아."

청평 지청장 배민수와 통화를 마친 이청솔이 휴대 전화를 던졌다.

주종민이 간신히 놓치지 않고 휴대 전화를 받아 내는데 성공했을 때, 이청솔이 입을 뗐다.

"똑바로 대답해."

"네? 네."

"지청장 지시 받고 사건 조작하려는 거야? 아니면, 독단적으로 사건 조작을 시도한 거야?"

"그게……."

"대답 잘해라. 대답 여하에 따라서 검사복 벗게 될 수도 있으니까."

청평 지청 평검사로 근무하는 주종민 입장에서 서울 서부 지검 차장 검사인 이청솔은 저승사자나 마찬가지.

주종민이 식은땀을 뻘뻘 흘리며 대답했다.

"사건 조작 안 했습니다."

"사건 조작이 없었다?"

"네."

"그럼 내 후배가 거짓말을 하고 있다는 뜻이야?"

"그게… 그렇습니다."

주종민이 긴장한 표정으로 대답한 순간이었다.

"내가 보기엔 아닌 것 같은데."

또다시 낯익은 목소리가 내 귀에 들려왔다.

'천 변호사님도 오셨네.'

천태범에게 연락을 하기는 했었다.

그렇지만 내가 부탁했던 것은 사건과 관련된 정보였다.

그가 직접 찾아오는 것까지는 예상치 못했다.

'그래도 반갑네.'

어쨌든 내 우군이라 할 수 있는 천태범의 등장이 반갑기는 했다.

그렇지만 나보다 더 천태범의 등장을 반긴 것은 이청솔이었다.

"야, 천태범이, 너 왜 이제야 나타나?"

"왜 남의 이름을 막 부르고 그러십니까?"

"뭐?"

"저 이제 서부 지검 검사 아닙니다. 부장 검, 아니, 차장 검사님 부하 직원 아니니까 이름 막 부르지 마십시오."

"검사복 벗었으니 내외하자 이거야?"

"공사는 구분하자, 이런 뜻이죠."

"오케이, 알았다. 천태범 변호사님, 대체 어디 틀어박혀 있느라 나보다도 더 늦게 도착하셨어요? 혹시 길이라도 잘못 들어서 헤매셨어요?"

"나름 바빴습니다."

"뭐 하느라 바빴는데?"

"내가 그것까지 보고해야 합니까?"

"뭐?"

"이제 내 상사도 아닌데 보고할 필요 없잖아요?"

이청솔과 천태범이 설전을 주고받는 모습을 지켜보고 있을 때, 옆에 앉아 있던 성민아가 긴장한 목소리로 물었다.

"진우야, 지금 뭐가 어떻게 돌아가는 거야?"

"보시다시피 우리 편이 도착했습니다."

"그러니까 차장 검사란 분하고 저 변호사분이 우리 편이란 뜻이지?"

"네."

"다행이다. 그런데… 누가 불렀어?"

"제가 불렀습니다."

"네가… 검사님이랑 변호사님을 여기 불렀다고?"

"네."

"어떻게……?"

"제가 한국대학교 법학과 재학 중이지 않습니까? 후배가 난처한 상황에 처했다는 소식을 전해 듣고서 선배님들이 밤길을 달려서 도와주러 오셨습니다."

성민아가 내게 새삼스러운 시선을 던질 때, 내가 웃으며 덧붙였다.

"두 분 모두 실력 있는 선배님들이시니까 잘 해결될 겁니다. 그러니 이제 걱정하지 않으셔도 됩니다."

내가 성민아에게 상황 설명을 마쳤음에도 불구하고, 이청솔과 천태범의 설전은 계속 이어지고 있었다.

"그럼 왜 상사도 아닌 나한테 연락했어?"

"딱히 떠오르는 검사가 없어서요."

"뭐?"

"저 왕따였잖습니까?"

"알긴 하네. 자랑이다."

'좋은가 보네.'

한 치의 양보도 없이 설전을 이어가고 있는 이청솔과 천태범을 바라보던 내가 희미한 웃음을 머금었다.

천태범이 검사복을 벗은 후, 두 사람은 왕래가 없었다.

그러니 무척 오래간만의 재회인 셈이었다.

아직 앙금이 남아서일까.

만나자마자 설전이 오가고 있었지만, 그들의 대화에 가시가 돋아 있지는 않았다.

설전을 벌이는 두 사람의 얼굴에는 모두 희미한 미소가 떠올라 있었다.

"그나저나 뭐 하느라 이렇게 도착이 늦었는데? 빨리 말해봐."

"증거 찾아오느라고요."

"증거? 어떤 증거?"

"우선 약속부터 하시죠."

"다짜고짜 무슨 약속을 하라는 거야?"

"이번에는 그때처럼 막지 않겠다는 약속요."

"안 막아, 아니, 못 막아. 네 상사도 아닌데 내가 무슨 수로 막아? 그리고 상대가 유명석 회장도 아니잖아."

"그럼 제가 찾아온 증거를 보여 드리죠."

그제야 씩 웃은 천태범이 몸을 돌렸다.

"자, 들어오시죠."

'누굴 부르는 거지?'

내가 의아함을 품었을 때, 얼굴에 여드름이 가득한 남자가 쭈뼛거리면서 안으로 들어왔다.

'누구지?'

처음 보는 남자를 내가 빤히 바라보고 있을 때, 천태범이 입을 뗐다.

"이분은 산천대학교 컴퓨터 공학과에 재학 중인 김민규 군입니다. 청평으로 과 MT를 와서 산책을 하던 도중에 김민규 군이 남우철과 박병훈이 송지희 양을 완력으로 제압하고 강제로 끌고 가는 것을 목격했다고 합니다."

'목격자를 찾아왔구나.'

뒤늦게 내가 천태범이 경찰서에 이청솔보다 늦게 도착한 이유를 알아챘을 때였다.

"김민규 군, 똑똑히 봤습니까?"

천태범이 김민규에게 질문했다.

"네, 제가 똑똑히 봤습니다. 여자분이 싫다고 하는데 남자 두 명이 입을 손으로 틀어막고 강제로 끌고 가는 것을 분명히 목격했습니다."

'게임 오버.'

김민규가 힘주어 대답한 순간, 내가 떠올린 생각이었다.

'쉽네.'

살면서 검사와 의사 친구 한 명씩은 꼭 필요하다는 이야기가 괜히 있는 것이 아니었다.

이청솔 차장 검사와 천태범 변호사가 나서자, 금세 상황이 바뀌었다.

"아까 이름이 뭐라고 했지?"

"네? 저요?"

"그래."

"주종민입니다."

"주 검사, 목격자 증언 똑똑히 들었지?"

"네? 네."

"아까 사건 조작도 안 한다고 했지?"

"네? 물론입니다."

"내가 두 눈 크게 뜨고 사건 진행 상황 두고 볼 거야."

"알… 겠습니다. 최선을 다해서 수사하겠습니다."

"수사를 열심히 하는 건 필요 없어."

"……?"

"잘하는 게 중요하지."

*   *   *

'어쩌다 보니… 또 술이네.'

포장마차에 앉은 내가 한숨을 내쉰 후 이청솔에게 물었다.

"안 올라가십니까?"

"올라갈 거야."

"차 갖고 오셨는데 술 드셔도 됩니까?"

"괜찮아."

"음주 운전 하시게요?"

"아니, 태범이 차 얻어 타고 올라가려고."

이청솔이 대답한 순간이었다.

벌컥.

천태범이 앞에 놓인 술잔을 들어 원샷 했다.

"야, 천태범, 지금 뭐……?"

그리고 이청솔이 말을 마치기도 전에 천태범은 한 잔을 더 채워서 또 한 번 원샷 했다.

"소주 두 잔 마셨으니 음주 운전입니다."

"너, 이 자식……."

"이제 제 차 못 얻어 탑니다."

"하아, 저 꼴통 새끼."

고개를 절레절레 흔들던 이청솔이 앞에 놓인 술잔을 들어 입속에 털어 넣었다. 그리고 아직 끝이 아니었다.

이청솔은 아까 천태범처럼 소주 두 잔을 연거푸 마시고 난 후 빈 잔을 탁 소리가 나게 탁자 위에 내려놓았다.

"나도 음주다."

"지금 뭐 하자는 겁니까?"

"날 샐 때까지 마시자는 뜻이지."

이번에는 천태범이 고개를 절레절레 흔들 때, 이청솔이 내게 물었다.

"그런데 후배는 청평에 무슨 일로 온 거야?"

"동아리 MT에 참석했습니다."

"그렇군."

"그런 선배님은 어떻게 알고 오셨습니까?"

이청솔이 대답했다.

"후배가 곤란한 상황에 처한 것 같으니 좀 도와 달라고 태범이가 전화했었거든."

＊   ＊   ＊

'보면 볼수록 재밌는 놈이란 말이야.'

이청솔이 서진우를 빤히 바라보았다.

실력은 있지만 한가한 변호사를 소개해 달라고 부탁해서 한때 자신의 부하였던 천태범을 추천하기는 했다.

그러나 천태범의 도움을 받을 수 있을 거란 확신은 없었다.

천태범의 성격이 워낙 제멋대로여서였다.

하지만 서진우는 보란 듯이 천태범의 마음을 얻는 데 성공했다.

검사복을 벗은 후 지금까지 한 번도 연락하지 않았던 천태범이 서진우를 도와 달라며 자신에게 불쑥 전화를 걸어온 것.

천태범이 서진우를 많이 아낀다는 증거였다.

어쨌든 이청솔의 입장에서는 다행이었다.

이청솔은 천태범을 무척 아꼈다.

하지만 구룡그룹 유명석 회장 수사 문제로 크게 충돌한 후, 천태범이 검사복을 벗으며 연락이 끊겼다.

다시 연락하고 싶은 마음이 굴뚝같았지만, 천태범에게 미안한 마음이 워낙 커서 그렇게 하지 못했었다.

그런데 결과적으로는 서진우 덕분에 다시 천태범과의 인연이 이어지고 있는 셈이었다.

'또… 신세를 졌네.'

이청솔이 속으로 생각하고 있을 때였다.

"서 이사, 한 잔 받아."

천태범이 소주병을 들어 올리며 술을 권했다.

'후배가 아니라… 서 이사?'

천태범이 서진우를 부르는 호칭에 이청솔이 흥미를 느꼈을 때였다.

"새 사무실은 마음에 드십니까?"

"넓어서 좋아. 인테리어도 깔끔하고. 그래도 가장 좋은 점은 역시 월세 걱정을 안 해도 된다는 점이고."

천태범이 꺼내는 대답을 듣던 이청솔이 더 참지 못하고 질문했다.

"새 사무실이라니? 무슨 소리야? 그리고 서 이사라는 호칭은 또 뭐고?"

"변호사 사무실 접었습니다."

"응?"

"대신 취직했습니다."

"어디에 취직했단 거야?"

"JK미디어 법무 팀요."

"그게… 사실이야?"

이청솔의 질문에 대답한 것은 서진우였다.

"사실입니다."

'잘됐다.'

천태범이 변호사 개업 후 어려움을 겪고 있다는 사실을 건너 건너 들어서 알고 있던 이청솔이 잘됐다는 생각을 했을 때였다.

"그래서 제가 바로 달려온 겁니다. 서 이사한테 잘 보여야 하거든요. 가뜩이나 눈칫밥 먹는 중이라."

"왜 눈칫밥을 먹는 거야?"

"딱히 하는 일이 없거든요."

"응?"

"월급 받기 미안할 정도로 하는 일이 없습니다."

천태범이 대답하자, 서진우가 웃으며 말했다.

"눈치 안 보셔도 됩니다. 그 월급, 제가 드리는 것 아니거든요."

"그래도……."

"그리고 곧 무척 바빠지실 테니 쉴 수 있을 때 편히 쉬고 계세요."

'좋다.'

이청솔이 웃으며 소주잔을 비웠다.

천태범이 다시 밝아진 것이, 또 이렇게 다시 만나서 웃으며 소주잔을 나눌 수 있다는 것도 좋았다.

"천태범."

"왜요?"

"아까 좋았다. 꼭 예전으로 돌아간 것 같았어."

예전 함께 검사복을 입고 있던 시절처럼 다시 한번 호흡을 맞췄던 것이 좋았다고 이청솔이 말하자, 천태범이 대답했다.

"제가 원래 실력은 좋았잖습니까?"

*　　　　*　　　　*

평화 필름 사무실.

커피를 한 모금 마신 심대평이 고개를 좌우로 꺾었다.

"불행 중 다행이라고 해야 하나?"

'텔 미 에브리씽', '우리 공공의 적', '살인의 기억'.

심대평이 회귀 후 평화 필름에서 제작하려고 계획했던 작품들의 순서였다.

그렇지만 첫 단추를 제대로 꿰기도 전에 계획은 어그러졌다.

평화 필름의 입봉작이 됐어야 할 '텔 미 에브리씽'을 뺏겼기 때문이었다.

원래 계획이 어그러진 후, 심대평은 계획을 수정할 수밖에 없었다.

그런 심대평이 평화 필름의 입봉작으로 준비하려 했던 작품은 '우리 공공의 적'.

그러나 송태경 작가를 통해서 서진우가 '우리 공공의 적' 각본 의뢰를 했다는 이야기를 듣고서 심대평은 다시 고민에 잠겼다.

'제작을 강행하느냐? 포기하느냐?'

그 갈림길에서 심대평이 선택한 것은 후자였다.

'내가 불리해.'

그리고 심대평이 '우리 공공의 적' 제작을 포기했던 이유는 속도전에서 이길 자신이 없었기 때문이었다.

'결국은 '텔 미 에브리씽'의 재판이 될 확률이 높아.'

'텔 미 에브리씽'의 제작을 차근차근 준비하던 심대평이 제작을 포기한 이유.

속도전에서 밀렸기 때문이었다.

그리고 '우리 공공의 적'도 비슷한 케이스가 될 확률이 높았다.

'이현주 대표의 인맥과 영향력은 무시할 수 없지.'

서진우가 두려운 것이 아니었다.

진짜 두려운 것은 서진우가 유니버스 필름 이현주 대표와 손을 잡았다는 점이었다.

심대평은 아직 한 작품도 제작하지 못한 신인 제작자인 반면, 이현주 대표는 기성 제작자였다.

이미 '홍길동이 돌아왔다'와 '텔 미 에브리씽' 같은 흥행작을 잇달아 제작한 이현주 대표는 영화계에서 신뢰가 쌓인 상황.

그런 그녀를 상대로 속도전을 펼칠 경우 승산은 낮았다.

해서 심대평은 평화 필름의 입봉작으로 '우리 공공의 적'이 아니라, '살인의 기억'을 선택했다. 그리고 아까 불행 중 다행이라고 표현한 이유는 '살인의 기억'이 '우리 공공의 적'보다 흥행에 더 크게 성공했기 때문이었다.

똑똑.

그때, 노크 소리가 들렸다.

심대평이 자리에서 일어나 현관문을 열자, 두툼한 뿔테 안경을 쓴 왜소한 체구의 사내가 보였다.

"감독님, 오시느라 고생하셨습니다. 안으로 들어오시죠."

"네."

"시나리오는 어떻게 보셨습니까?"

심대평이 묻자, 강천욱이 대답했다.

"아주 재밌게 읽었습니다."

'당연히 그렇겠지.'

강천욱의 대답이 돌아온 순간, 심대평이 속으로 생각했다.

'살인의 기억'은 흥행과 작품성, 두 마리 토끼를 모두 잡으며 관객들과 평단의 호평을 받았던 수작이었다.

그러니 강천욱이 시나리오를 재밌게 읽은 것은 어쩌면 당연한 일이었다.

'운 좋은 줄 알아.'

심대평이 소파에 등을 묻으며 속으로 말했다.

이런 수작의 연출을 맡음으로서 강천욱 감독의 향후 인생 행보가 확 달라질 수 있었기 때문이었다.

"그럼 '살인의 기억'의 연출을 맡아 주시겠습니까?"

"대표님이 허락해 주신다면 꼭 제가 연출을 맡고 싶습니다."

"바로 계약하시죠. 저는 감독님의 연출 스타일을 좋아하거든요."

심대평이 미리 준비해 두었던 계약서를 꺼냈다.

"계약 조건은 지난번에 말씀드렸던 조건과 동일합니다. 한번 확인해 보시죠."

"네."

강천욱이 뿔테 안경을 고쳐 쓰며 계약서를 살피기 시작했다.

'이제 통장 잔고도 바닥이구나.'

그사이 심대평이 통장 잔고를 떠올렸다.

회귀하자마자 심대평은 가장 먼저 부모님께 돈을 빌려서

주식 투자를 했다.

미래에 가치가 상승하는 종목들을 알고 있었다.

그렇지만 심대평은 지난 생에 주식 투자 전문가가 아니었다.

그저 2020년에도 생존한 기업들의 이름들을 아는 정도일 뿐, 언제 주가가 치솟을지 여부까지는 정확하게 알지 못했다. 그래서 부모님께 빌린 돈으로 주식 투자를 해서 수익을 거두기는 했지만, 엄청난 수익을 거두진 못했다.

'결국 영화로 승부를 봐야 해.'

주식 투자로 큰 재미를 못 본 탓에 사무실 유지비와 감독 계약금을 지불하고 나면 어느덧 잔고가 바닥을 드러낼 통장을 떠올린 심대평이 '살인의 기억'을 제작해서 꼭 성공해야 한다는 각오를 다졌다.

심대평의 기억 속 '살인의 기억'은 흥행작.

제작만 무사히 마치면 무조건 흥행에 성공할 거란 확신이 있었다.

그런데 왜일까.

이상하게 찜찜하고 불안한 기분이 심대평의 가슴 한편에 스며들었다.

*　　　　*　　　　*

이청솔의 차를 얻어 탄 덕분에 아주 편하게 집 앞까지 올 수 있었다.

"선배님, 여러모로 감사했습니다."

내가 차에서 내리며 감사 인사를 건넸지만, 이청솔은 고개를 흔들었다. 그리고 오히려 내게 감사 인사를 건넸다.

"내가 후배에게 고마워."

"네?"

"태범이를 다시 만나서 웃는 모습을 보니까 좋더라고. 그리고 사건 진행 상황은 내가 수시로 체크할게."

"남우철의 아버지인 명청건설 남기홍 회장이 다시 압력을 가하지 않을까요?"

내가 우려되는 부분을 언급하자, 이청솔이 걱정 말라는 듯 말했다.

"배민수 지청장, 연수원 일 년 후배야. 내가 나선 것 알고 있으니까 함부로 못 할 거야. 눈치는 꽤 있는 편이거든."

"알겠습니다."

이청솔의 이야기는 일리가 있었다.

명청건설은 대기업이 아니었다.

지역에서 성장한 중견 기업일 뿐이었다.

그러니 남기홍 회장의 영향력에는 한계가 있었다.

새벽까지 술을 마셨기에 무척 피곤했다.

샤워를 하자마자 바로 침대로 뛰어들고 싶었지만, 난 도중에 생각을 바꿔서 옥상으로 올라갔다.

가부좌를 튼 채로 태극일원공을 수련했다.

일주천을 마친 내가 감았던 눈을 떴다.

"확실히 효과가 있어."

집에 들어왔을 때는 무척 피곤했었는데, 태극일원공을 일으켜 일주천을 하고 나자 피로감이 전혀 느껴지지 않았다.

급속 피로 회복은 태극일원공의 효능 중 하나.

난 만족한 표정으로 옥상 구석에 모셔 놓았던 목검을 움켜쥐었다.

유도 유단자들인 남우철과 박병훈을 상대로 첫 실전을 치른 후, 난 무휼이 전수해 주었던 칼춤의 위력이 대단하다는 사실을 확실히 깨달았다. 그래서 칼춤 수련에 더욱 매진해야겠다는 생각도 했고.

지이잉, 지이잉.

하지만 휴대 전화가 진동하며 내 수련을 방해했다.

"이현주 대표님이네. 무슨 일이지?"

이현주에게서 걸려온 전화임을 확인한 내가 전화를 받았다.

"네, 대표님."

—서 대표, 'IMF' 각색고 보냈으니까 메일 확인해 봐.

'송태경 작가가 각색 작업을 마쳤구나.'

이현주 대표가 메일로 'IMF' 각색고를 보냈단 사실을 알아챈 내가 물었다.

"각색고는 어떻습니까?"

그녀가 대답했다.

―직접 확인해 봐.

*　　　*　　　*

유니버스 필름 사무실.

지난번에 만날 당시, 이현주 대표는 불안한 기색이 역력했
다.

'IMF'의 각색 작업을 맡긴 송태경 작가에 대한 믿음이 없어
서였다.

그렇지만 오래간만에 다시 만난 이현주 대표의 표정에 불안
감은 가셔 있었다.

"각색고, 좋더라."

그 이유는 송태경 작가가 작업을 마친 'IMF'의 각색고를 확
인하고 만족감을 느꼈기 때문이었다.

"솔직히 이번에는 많이 불안했어. 그래서 지인들에게 부탁
해서 꾸준히 모니터링을 했어. 그리고 'IMF' 초고 모니터링 반
응은 그렇게 좋지 않았어. 너무 어렵다는 반응이 대부분이었
거든. 그런데 각색고 모니터링 반응은 많이 바뀌었어. 여전히
내용이 어렵긴 하지만 몰라도 내용이 이해가 간다는 의견이

대부분이고, 내용까지 이해하고 보면 수작이란 반응도 꽤 있었어."

"다행이네요."

"참, 서 대표는 각색고 어떻게 봤어?"

"저도 만족했습니다."

송태경 작가에게 'IMF' 각색 작업을 마친 내 선택은 탁월했다.

그녀는 내 기대 이상으로 각색 작업을 잘 해냈기 때문이었다.

'마음이… 움직여.'

이현주 대표가 원하는 것을 충실히 이행해 낸 셈.

그래서 앞으로 송태경 작가와의 인연을 계속 이어 나가야겠다는 생각을 하고 있을 때, 이현주 대표가 물었다.

"그런데 서 대표는 송태경 작가가 이렇게 실력 있는 작가라는 것을 어떻게 알아봤던 거야?"

"천재는 천재를 알아보는 법이거든요."

"천재는 천재를 알아본다? 좀 재수 없는 말이긴 한데, 뭐라고 반박하기도 어렵네."

이현주 대표가 머리를 긁적이며 말했다.

그런 그녀에게 이번에는 내가 질문했다.

"제가 지난번에 부탁했던 것은 어떻게 됐습니까?"

"평화 필름에 대해서 알아봐 달라고 했던 것?"

"네."

"누구 부탁인데 안 알아봤을까? 이미 알아봤지."

이현주 대표가 자세를 고쳐 앉으며 다시 입을 뗐다.

"서 대표, 평화 필름에 대해서 알아본 것 알려 주기 전에 하나만 묻자."

"물어보시죠."

"서 대표가 평화 필름에 이렇게 신경 쓰는 이유가 대체 뭐야?"

이현주 대표는 이해가 안 간다는 표정으로 질문했다.

평화 필름은 신생 제작사.

아직 입봉작도 내지 못한 상태였다.

그런 평화 필름에 내가 신경 쓰는 것이 이현주 대표 입장에서는 잘 이해가 가지 않으리라.

어쩌면 당연한 반응.

그렇지만 심대평이 회귀자이기 때문이라는 대답도, 또 그가 지난 생의 날 절망의 구렁텅이로 몰아넣었던 장본인이기 때문이란 대답도 할 수 없었기에 난 다른 대답을 꺼냈다.

"아까 천재는 천재를 알아본다고 했지 않습니까? 그 이유 때문입니다."

"그 말은… 평화 필름 심대평 대표가 천재라는 뜻이야?"

"네."

"그럼 앞으로도 계속 주시해야겠네."

이현주 대표는 나에 대한 신뢰가 쌓였다.

그래서 더 의심하거나 질문을 던지는 대신, 평화 필름의 근황에 대해서 조사한 내용을 알려 주기 시작했다.

"최근에 심대평 대표와 강천욱 감독이 미팅을 자주 가졌어. 아무래도 강천욱 감독과 연출 계약을 맺을 건가 봐. 아니면, 이미 연출 계약을 맺었을 수도 있고."

"강천욱 감독요?"

'강천욱 감독이 누구지?'

내가 고개를 갸웃했다.

―제작 : 평화 필름.

―감독 : 박도빈.

―주연 : 김상길, 손형주.

내가 기억하고 있는 '살인의 기억'에 대한 정보였다.

그런데 심대평은 박도빈 감독이 아니라 강천욱 감독과 연출 계약을 맺었다.

'그럼 '살인의 기억'이 아닌가?'

콧잔등을 찡그리며 내가 고민에 잠겼다.

'IMF' 각색 작업을 의뢰하기 위해서 송태경 작가를 만났을 때, 그녀는 심대평이 정보를 달라는 요구를 했다는 사실을 내게 밝혔다.

그때 내가 심대평에게 건네주라고 했던 정보.

송태경 작가에게 '우리 공공의 적'의 각본 작업을 맡겼다는 허위 정보였다. 그리고 내가 송태경 작가를 이용해서 심대평에게 허위 정보를 건넨 데는 이유가 있었다.

심대평은 '텔 미 에브리씽'에 이어서 '우리 공공의 적', '살인의 기억' 순으로 영화를 제작했다.

그러니 '텔 미 에브리씽'을 내게 빼앗긴 그는 평화 필름의 입봉작으로 '우리 공공의 적'을 선택할 확률이 높다고 난 판단했다.

그래서 내가 '우리 공공의 적'이라는 작품의 제작을 준비하고 있다는 사실을 알게 된다면?

심대평의 계획이 도중에 바뀔 가능성이 높다고 판단했다.

'그가 평화 필름의 입봉작으로 '우리 공공의 적'이 아니라 '살인의 기억'을 선택하지 않을까?'

이것이 내가 한 계산.

그런데 심대평이 박도빈 감독이 아니라 강천욱 감독과 연출 계약을 맺는 선택을 내렸으니, 내 계산이 빗나갔다는 생각이 든 것이었다.

'왜 박도빈 감독이 아니라 강천욱 감독이지?'

일단 이걸 알아보는 것이 급선무라고 판단한 내가 입을 뗐다.

"박도빈 감독을 아십니까?"

그 질문을 던지기 무섭게 이현주 대표는 내게 새삼스러운 시선을 던졌다.

'왜 저렇게 보는 거지?'

내가 의아함을 품었을 때, 이현주 대표가 입을 뗐다.

"진짜 천재는 천재를 알아보는구나."

Chapter. 5

"박도빈 감독 천재설이 충무로에 쫙 퍼졌어. '블루문'이라는 박도빈 감독의 입봉작, 비록 흥행에는 성공하지 못했지만, 아주 잘 만들었거든. 그래서 충무로 영화 제작자들이 박도빈 감독과 계약하려고 목을 매고 있는 실정이야."

이현주 대표가 설명했다. 그리고 이건 나도 알고 있는 부분이었다.

'블루문'이 호평을 받으며 주가가 치솟은 박도빈 감독은 숱한 구애를 뿌리치고 평화 필름과 연출 계약을 맺었고 이후 '살인의 기억'으로 명감독 반열에 올랐으니까.

그렇지만 이번에는 심대평의 선택이 달라졌다.

박도빈 감독이 아니라 강천욱 감독을 선택했으니까.

"우리가… 계약할까?"

그때, 이현주 대표가 내게 물었다.

"박도빈 감독과 연출 계약을 맺겠다고요?"

"그래."

"아까 박도빈 감독과 연출 계약을 맺으려는 영화 제작자들이 많다고 하지 않았습니까? 경쟁이 치열한 상황인데 박도빈 감독과 연출 계약을 맺는 것이 가능합니까?"

"가능해."

이현주 대표가 확신에 찬 목소리로 덧붙였다.

"'텔 미 에브리씽'이 흥행에 제대로 성공했으니까, 박도빈 감독도 우리가 연출 계약 제안을 하면 거절하기 힘들 거야."

'이거다.'

그 이야기를 들은 순간, 내가 두 눈을 빛냈다.

심대평이 박도빈 감독이 아니라 강천욱 감독과 연출 계약을 맺은 이유가 짐작이 갔기 때문이었다.

'박도빈 감독과 연출 계약을 맺을 수가 없는 거야.'

지난 생에 내가 기억하는 평화 필름은 말 그대로 승승장구했다.

그렇지만 지금은 상황이 달라졌다.

현재 평화 필름은 신생 제작사에 불과했다.

'텔 미 에브리씽'을 내게 빼앗겼기 때문이었다.

'지난 생에 평화 필름이 주가가 치솟았던 박도빈 감독과 계약할 수 있었던 것은… '텔 미 에브리씽'과 '우리 공공의 적'이라는 흥행작을 잇달아 배출해서였다.'

하지만 이번 생엔 나로 인해 상황이 달라졌고, 여전히 수많은 신생 제작사 중 하나에 불과한 평화 필름이 주가가 확 치솟은 박도빈 감독과 연출 계약을 맺는 것은 불가능해졌다.

거기까지 생각이 미친 내가 다시 입을 뗐다.

"강천욱 감독은 어떤 감독입니까?"

"어떤 감독이라고 말할 것도 없어. 좀 알아봤는데 조감독 생활을 길게 한 게 전부인 입봉 준비하는 신인 감독이야. 아, 그런데 평판은 나쁘지 않더라. 특히 배우들한데 평판이 좋은데 손형주랑은 아주 가깝다고 해."

'강천욱 감독이 손형주와 친하다?'

내가 자세를 고쳐 앉았다.

심대평이 하필 신인 감독 강천욱과 연출 계약을 맺은 이유가 이해가 갔다.

'심대평은 내 계산대로 '살인의 기억'을 준비하는 거야.'

강천욱 감독은 배우 손형주와 가까운 사이.

그를 이용해 손형주를 '살인의 기억'에 캐스팅하려는 것이 심대평의 계산이었다.

'자, 이제 심대평이 준비하는 것이 '살인의 기억'이라는 것은 확실해졌다.'

내가 손깍지를 낀 양손에 힘을 더했을 때, 이현주 대표가
제안했다.

"오랜만에 삼겹살에 소주 한잔, 어때?"

*　　　　*　　　　*

고깃집 내부는 한산했다.

"리온 엔터테인먼트 박중배 팀장이 전화했더라. 잘난 박중
배 팀장이 먼저 전화할 줄은 꿈에도 예상 못 해서 엄청 당황
했어. 처음에는 전화를 잘못 건 게 아닐까 하는 의심까지 했
었다니까. 그런데 잘못 걸었던 게 아니더라. 지난번에 자기가
너무 흥분해서 미안했다고 먼저 사과하면서 지난 일은 잊고
앞으로 잘해 보자고 하는데 얼마나 통쾌하던지. 역시 영화가
흥행해야 대접을 받는다는 게……."

이현주 대표가 앞에서 열심히 떠들고 있었지만, 난 제대로
듣지 못했다.

머릿속에서 생각이 끊이지 않고 이어지고 있었기 때문이었
다.

'심대평을 궁지로 몰아넣을 수 있는 절호의 기회.'

이건 확실했다. 그리고 이제 남은 것은 어느 타이밍에 공
략해야만 가장 치명상을 입힐 수 있는가에 대한 고민이었
다.

'프리 프로덕션이 끝난 시점? 아니면, 촬영이 어느 정도 진행된 시점?'

내가 고민을 계속 이어 가고 있을 때였다.

"개새끼."

이현주 대표가 욕을 했다.

깜짝 놀란 내가 상념에서 깨어나 그녀를 바라보았다.

"누구한테 한 욕이에요?"

"몰라."

"네?"

"누가 범인인지 모르니까."

이현주 대표의 시선이 고깃집 구석에 위치한 TV 화면에 고정되어 있다는 사실을 뒤늦게 알아챈 내가 그 방향으로 고개를 돌렸다.

─한성시 수천리에서 20대 여성으로 추정되는 사체 발견. 연쇄 살인범의 소행일 가능성이 높다고 경찰 발표.

화면 아래 떠올라 있는 자막이었다.

─…한성시 수천리에서 또 젊은 여성의 사체가 발견됐습니다. 이미 11명의 피해자가 발생했던 한성시에서 사체가 발견된 점, 그리고 범행 수법이 흡사하단 점을 근거로 경찰은 일명 한성 연쇄

살인 사건의 열두 번째 피해자일 가능성이 높다고 판단하며 수
사에 돌입한 가운데…….

고깃집이 한산했기에 앵커의 목소리는 똑똑히 들렸다.

그 순간 내가 무심코 말했다.

"난 아는데."

"서 대표, 범인을 알고 있다는 거야?"

이현주 대표는 내가 꺼낸 말을 놓치지 않았다.

'알긴 하죠.'

일명 한성 연쇄 살인 사건은 오랫동안 미제 사건으로 남았
다. 그렇지만 세상에 완전 범죄는 없는 법이었다.

과학 수사 기법이 발전한 덕분에 2019년에 진범이 잡힌다.

진범의 이름은 변춘제.

그러니 내가 한성 연쇄 살인 사건의 진범을 알고 있는 것은
맞았다.

"저 앵커를 안다는 뜻이었어요."

"난 또 진짜 서 대표가 진범을 아는가 했네."

"에이, 제가 경찰도 모르는 범인을 어떻게 알겠어요?"

"하긴 그렇지."

다행히 이현주 대표는 더 의심하지 않았다.

대신 소주를 원샷 한 후 한숨을 내쉬었다.

"피해자들이 불쌍해 죽겠어. 얼마나 억울했을까? 또, 얼

마나 무서웠을까? 단지 상상하는 것만으로도 이렇게 끔찍한데, 직접 그 상황에 처했던 사건 피해자들은 얼마나 무서웠겠어?"

착잡한 표정으로 소주잔을 들어 올리던 내가 떠올린 것은… 송지회였다.

다행히 남우철과 박병훈의 성폭행 시도는 미수로 그쳤다.

하지만 그것만으로도 송지회에게는 충분히 끔찍한 경험이었다.

"잊고 싶어요. 나도 다 잊어버리고 싶은데… 그런데… 자꾸 당시의 기억이 떠올라요."

송지회가 울면서 꺼냈던 하소연이 떠오른 순간, 내가 참지 못하고 입을 열었다.

"개새끼."

"응?"

"한성 연쇄 살인 사건의 범인, 개새끼 맞다고요."

내가 소주를 원샷 한 후, 이현주 대표에게 물었다.

"저 개새끼, 잡고 싶지 않으세요?"

*　　　　*　　　　*

'살인의 기억'은 2004년에 개봉한 영화였다.

주요 소재는 한성 연쇄 살인 사건.

그렇지만 당시에는 한성 연쇄 살인 사건의 진범을 알지 못하는 상황이었다. 그래서 작품에서 형사 배역을 맡은 두 주인공 김상길과 손형주가 최선을 다 해서 연쇄살인범을 추적하는 과정을 그렸지만, 범인은 끝내 잡지 못했다.

"똑같을 거야."

심대평은 평화 필름 입봉작으로 '살인의 기억'을 제작하고 있었다. 그렇지만 그가 제작한 '살인의 기억'은 내가 기억하는 영화의 내용과 같을 것이 분명했다.

"일단 '살인의 기억'을 제작하기는 하는데……."

심대평과 마찬가지로 나도 '살인의 기억'을 제작하기로 이미 결심을 굳혔다.

'살인의 기억'마저 선점해서 심대평에게 치명상을 안기기 위함이었다. 그리고 이현주 대표를 만나기 전까지는 나도 기존의 '살인의 기억'과 같은 시나리오를 쓰겠다고 생각했다.

하지만 이현주 대표를 만나고 난 후, 내 생각이 바뀌었다.

"범인을 알고 있는데… 똑같은 시나리오를 쓰는 게 과연 맞는 걸까?"

집으로 돌아와 컴퓨터 앞에 앉은 내가 혼잣말을 꺼낸 후 한숨을 내쉬었다.

잠시 후, 난 포털 사이트를 열고 '한성 연쇄 살인 사건'을 검색했다.

이미 밝혀진 피해 여성의 수는 12명.

그렇지만 연쇄 살인범 변춘제는 살인 행각을 멈추지 않는다.

"내 기억이 틀리지 않다면… 1999년에 마지막 피해자가 발생했었어. 그리고 1998년에도 한 명의 피해자가 더 발생했었고."

한성 연쇄 살인 사건의 진범인 변춘제의 검거는 사회적으로 큰 이슈가 됐다.

지난 생의 나 역시 영화 제작자로서, 또 대한민국의 국민 중 한 명으로서 변춘제의 검거 소식을 알리는 뉴스를 집중해서 봤다.

덕분에 변춘제의 살인 행각이 이번 사건으로 끝나는 것이 아니고, 1998년과 1999년에 각각 한 건씩의 살인을 더 저지른다는 것을 기억하고 있었다.

"그게 다가 아닐 수도 있어."

검거된 변춘제를 만났던 프로파일러는 드러나지 않은 피해자가 더 있을 수도 있다고 말했으니까.

"내가 변춘제를 검거할 수 있는 단서를 제공한다면… 더 많은 억울하고 불쌍한 피해자들이 발생하는 것을 막을 수도 있어."

컴퓨터 화면에 떠올라 있는 참혹한 피해자의 모습이 담긴 사진을 물끄러미 바라보던 내가 덧붙였다.

"이게 맞아."

'살인의 기억'에서 변춘제를 잡을 수 있는 단서를 제공하는 것.

그래서 더 많은 피해자가 발생하기 전에 경찰이 그를 검거하도록 돕는 것이 한성 연쇄 살인 사건의 진범을 알고 있는 회귀자인 내가 해야 할 일이란 생각이 들었다.

그럼에도 불구하고 마음에 걸리는 것은 있다.

바로 세상의 균형을 해칠 정도로 간섭하는 것이 아닐까 하는 우려였다.

그 순간, 일전에 눈앞에 떠올랐던 메시지가 기억났다.

—변종 회귀자가 세상의 균형을 해칠 수 있을 정도로 지나친 간섭 행위를 한 탓에 경고와 페널티를 받았습니다.

"페널티가 대체 뭘까?"

세상의 균형을 해칠 수 있을 정도로 지나친 간섭 행위를 한 회귀자는 경고와 페널티를 받게 된다고 했다.

그 페널티의 정체를 알지 못하는 상황이니 신경이 쓰인다.

그렇지만 내 고민은 오래 이어지지 않았다.

―범인을 잡는다고 해서 이미 죽은 딸아이가 살아 돌아오지 않는다는 것, 저도 알고 있습니다. 그래도 꼭 범인을 잡아 주세요. 그래야 딸아이가 편히 눈을 감을 수 있을 테니까요. 내가 가장 속상하고 안타까운 게 뭔지 알아요? 딸아이가 너무 보고 싶은데… 꿈속에조차도 한 번도 찾아오지 않는다는 것이에요. 아마 날 원망하는 것 같아요. 진범이 잡히면, 그래서 합당한 벌을 받으면 딸아이도 더 이상 날 원망하지 않을 겁니다. 그럼 제 꿈에 다시 나타나지 않을까요? 꿈에서라도 딸아이를 한 번 보는 것, 제 유일한 소원입니다. 그러니까… 그러니까 꼭 진범을 잡아 주세요.

피해자의 어머니가 한 인터뷰 내용 때문이었다.

두려움 속에서 억울하게 죽은 피해자를 위해서라도, 또 머잖아 변춘제에게 살해되는 예비 피해자들을 위해서라도 난 '살인의 기억'에 범인을 특정할 수 있는 단서를 제공하기로 결심했다.

설령 그로 인해 페널티를 받게 되더라도, 기꺼이 그 페널티를 감수하기로 결심했다.

*   *   *

한성 경찰서 강력 2팀.

일명 한성 연쇄 살인 사건을 전담하고 있는 것은 한성 경찰서 강력 1팀이었다.

그렇지만 한성 연쇄 살인 사건이 전 국민적인 관심이 쏠린 사건인 데다가, 새로운 피해자가 발생한 지 얼마 지나지 않은 시점이라 1팀과 2팀을 가리지 않고 모두 사건 수사에 매달리고 있는 상황이라고 이청솔 차장 검사는 알려 주었다,

강력 2팀 사무실로 찾아간 내 눈에 보이는 형사는 한 명뿐이었다.

"어떠케… 오셔서요?"

목에 수건을 두른 채 양치를 하던 형사가 날 발견하고 물었다.

"이청솔 차장 검사님 소개로 찾아왔습니다."

내가 대답하자, 형사가 물었다.

"아, 영화 제자한다는 야반? 에잇, 기다리슈."

손을 들어 양해를 구하고 화장실로 달려갔던 형사가 잠시 후 양치질을 마치고 돌아왔다.

"영화 제작한다는 양반, 맞죠?"

"네, 맞습니다. 레볼루션 필름 대표인 서진우라고 합니다."

"히야, 나이 지긋한 양반이 찾아올 줄 알았는데, 생각보다 훨씬 젊네, 강규식이요."

"많이 바쁘실 텐데 시간 내주셔서 감사합니다."

"높으신 차장 검사님 부탁인데 말단 형사가 따르지 않을 수가 있나? 그래, 알고 싶은 게 뭐요?"

강규식의 목소리에는 날이 서 있었다.

또, 표정에도 못마땅한 기색이 역력했다.

'손이 부족할 테니까.'

한창 발로 뛰며 수사를 해야 할 상황인데, 이청솔 차장 검사의 부탁으로 영화 제작자를 상대해야 하는 지금의 상황.

강규식은 마음에 안 드는 것이었다.

'그래 봐야 못 잡습니다.'

하지만 난 안다.

한성 연쇄 살인 사건의 진범인 변춘제는 2019년이 돼서야 잡힌다는 사실을.

그래서 수사 인력 중 한 명인 강규식 형사의 시간을 뺏는 것이 별로 미안하지 않았다.

"증거물 목록을 보고 싶습니다."

"증거물 목록? 그걸 왜 보고 싶다는 거요?"

"한성 연쇄 살인 사건의 범인을 잡을 수 있는 단서니까요."

"단서라… 어떻게? 단서 보여 주면 직접 범인을 잡기라도 하시게?"

"그럴 수도 있죠."

"뭐요?'

"형사님들이 무심코 놓치고 지나가 버렸던 아주 중요한 단서를 제가 찾을 수도 있는 것 아닙니까?"

"하아, 영화를 너무 많이 봤나 보네. 이거 뭐, 어지간해야 말을 섞지. 증거물 목록 정리한 것 여기 있으니까 다 살펴보고 난 후에 제 자리에 돌려놓으쇼. 난 커피 한 잔 마시고 올 테니까."

강규식 형사는 나와 더 이상 말을 섞기 싫다는 의사를 노골적으로 피력했다. 그리고 나도 아쉬울 것은 없었다.

내게 필요한 것은 이 증거물 목록이었으니까.

찰칵, 찰칵.

벽돌 폰을 꺼내서 증거물 목록 서류를 한 장씩 차례차례 넘기며 사진을 찍던 도중 내가 두 눈을 빛냈다.

"여기… 있었네."

증거물 목록 중에는 피해자 중 한 명인 김옥순이 입었던 바지가 있었다. 그리고 이 바지가 중요한 이유는 연쇄 살인범 변춘제의 혈흔이 묻어 있기 때문이다.

미세 혈흔.

지금은 바지에 묻어 있는 미세 혈흔이 변춘제를 검거할 수 있는 결정적인 증거가 되지 못한다.

과학 수사 기법이 발달하지 않아서였다.

그렇지만 2019년에는 달랐다.

과학 수사 기법이 무서운 속도로 발달해서 김옥순의 바지에서 미세 혈흔을 추출한 후 DNA 분석을 통해서 변춘제의 혈흔임을 밝혀냈으니까.

그리고 이 DNA 분석 결과는 변춘제를 검거하는 데 결정적인 증거가 된다.

어쨌든 내가 한성 경찰서까지 찾아와서 증거물 목록을 확인하려 한 이유도 바로 김옥순의 바지였다.

바지에 묻은 미세 혈흔이 변춘제를 검거하는 데 있어 결정적인 역할을 했다는 것은 기억하고 있는데, 바지의 주인이 누군지는 기억이 나지 않았다.

최악의 경우는 예비 피해자들이 입고 있던 바지에 변춘제의 미세 혈흔이 묻은 것이었는데.

다행히도 바지는 이미 사망한 피해자 김옥순의 것이었다.

"이제… 됐다."

'살인의 기억'의 시나리오를 쓸 준비를 어느 정도 마쳤다는 생각이 들어서 내가 안도의 한숨을 내쉬었을 때였다.

"다 봤수?"

강규식 형사가 자판기 커피를 손에 든 채 사무실 안으로 들어오며 물었다.

"다 봤습니다."

"그럼 가 보슈."

강규식이 퉁명스러운 목소리로 말했다.

"번거롭게 해 드려서 죄송합니다."

내가 인사하고 강력 팀 사무실을 나가려고 했을 때, 강규식이 물었다.

"참, 우리가 무심코 놓치고 지나갔을 수도 있는 중요한 단서는 찾았수?"

내가 웃으며 대답했다.

"찾은 것 같습니다."

*   *   *

난 '살인의 기억'의 시나리오 작업을 서둘렀다.

이유는 크게 둘.

우선 이미 '살인의 기억' 제작에 돌입한 심대평보다 늦어서는 안 되기 때문이었다.

또 하나의 이유는 하루라도 더 빨리 '살인의 기억'의 제작을 마치고 개봉하는 것이 피해자를 한 명이라도 더 줄일 수 있는 방법이기 때문이었다.

"생각처럼 쉽지 않네."

그렇지만 '살인의 기억'의 시나리오 작업은 생각처럼 쉽지 않았다.

'텔 미 에브리씽'과 'IMF'.

이미 시나리오를 썼던 두 작품과는 달라서였다.

"내용이 달라져."

이미 썼던 두 작품은 내용이 달라질 것이 없었다. 그래서 내 기억 속 장면들을 떠올리며 그대로 옮기기만 하면 됐다.

하지만 '살인의 기억'은 달랐다.

'살인의 기억'의 장르는 스릴러.

그런데 내 계획대로라면 결말이 달라진다.

플롯이 꽉 짜여진 '살인의 기억'의 결말이 달라지면, 당연히 기존의 플롯과 반전도 달라질 수밖에 없다.

그리고 난 전문 작가가 아니다.

그로 인해 어려움을 겪으며 헤매는 것이었고.

주말 내내 컴퓨터 앞에 앉아서 끙끙 앓으며 고민하던 내가 내린 결론.

내 역량으로는 이 문제를 해결하는 것이 불가능하다는 것이었다.

그렇게 결론을 내린 난 송태경 작가에게 연락했다.

*　　　*　　　*

'천재 작가!'

송태경이 서진우를 새삼스레 바라보았다.

'텔 미 에브리씽'과 'IMF'.

서진우가 집필한 두 편의 작품을 송태경은 모두 읽었다.

'텔 미 에브리씽'의 시나리오를 읽었을 때, 송태경은 서진우를 의심했다.

자신이 쓴 '텔 미 에브리씽'과 무척 흡사했기 때문에 표절을 의심했던 것이었다.

하지만 'IMF'라는 작품을 읽고 난 후, 송태경은 서진우에 대한 의심을 지웠다.

송태경 역시 작가였기에 'IMF' 시나리오가 얼마나 잘 쓴 시나리오인가를 알아볼 수 있었기 때문이었다.

'넘을 수 없는 벽.'

이런 생각이 들어서 자괴감이 들었다.

게다가 송태경을 더 깊은 자괴감에 빠트린 것은 서진우가 한국대 법학과 신입생이라는 점이었다.

"왜 그런 눈으로 보십니까?"

서진우가 꺼낸 질문을 듣고서야 송태경이 상념에서 깨어났다.

"신기해서요."

"제가요?"

"네. 공부도 잘해, 시나리오도 잘 써, 게다가 영화 제작자로서의 능력까지… 서진우 씨는 대체 못 하는 게 뭔가요?"

송태경이 질시 어린 표정으로 말을 마쳤을 때, 서진우가 대답했다.

"글을 못 씁니다."

"네?"

송태경이 황당한 표정을 지었다.

"농담이 너무 과하시네요. 서진우 씨가 글을 못 쓰는 거면, 대한민국 작가들은 전부 펜대 놔야 할걸요."

"농담 아닙니다."

"네?"

"글은 저보다 송태경 작가님이 훨씬 더 잘 씁니다."

"……?"

"그래서 송태경 작가님을 지금 만나고 있는 것이고요."

"무슨 뜻인가요?"

"작업을 의뢰하고 싶다는 뜻입니다."

'작업을 또 의뢰한다?'

서진우에게서 'IMF'라는 작품의 각색 작업을 의뢰받아 마친 지 채 한 달도 지나지 않은 시점이었다.

그런데 또 다른 작업을 의뢰할 계획이라고 서진우는 밝혔다.

'너무 빨라. 그렇지만… 내 입장에서는 좋은 일이야.'

프리랜서인 작가에게 계속 일거리가 이어지는 것.

분명 두 팔 벌려 환영할 일이었기 때문이었다.

"이번엔 각본 작업을 의뢰할 예정입니다."

"각본 작업요?"

"네, 일단 이것부터 보시죠."

서진우가 가방에서 프린트한 종이를 건넸다.

'끝까지 잡는다'.

제목을 확인한 송태경이 다음 장으로 넘기자 시놉시스가 보였다.

총 다섯 장 분량의 시놉시스를 읽어 내려가던 송태경의 두 눈이 커졌다.

잠시 후 송태경이 경악한 표정으로 서진우를 바라보며 속으로 생각했다.

'진짜 천재는… 이길 수가 없구나.'

'살인의 기억'에서 '끝까지 잡는다'로.

난 작품의 제목을 바꾸었다. 그렇지만 시놉시스의 내용은 기존 '살인의 기억'의 내용 그대로였다.

시놉시스를 읽고 난 후, 송태경은 경악한 표정을 지었다.

그녀는 실력 있는 작가.

이 시놉시스가 얼마나 잘 쓴 시놉시스인지 금세 알아챘기 때문이리라.

'너무 놀랄 것 없습니다. 회귀자라서 가능한 것이니까. 그리고 이 정도는 심대평도 합니다.'

내가 속으로 말했을 때, 송태경이 질문했다.

"이 시놉시스는 뭔가요?"

"예전에 제가 쓴 습작 중 하나입니다."

"이게… 습작이라고요?"

"네."

"그럼 제게 맡길 각본 작업은 이 시놉시스를 바탕으로 시나리오를 쓰는 건가요?"

송태경은 두 눈을 반짝반짝 빛내고 있었다.

이 시놉시스를 바탕으로 시나리오를 썼을 때, 아주 좋은 작품이 나올 것임을 직감적으로 알아챘기 때문이리라.

"아니요."

하지만 내가 아니라고 대답하자 송태경은 당황했다.

"이 시놉시스에 몇 가지를 추가할 겁니다. 그 달라지는 부분을 결합해서 각본 작업을 해 주시면 됩니다."

"어떤 부분이 달라지는 거죠?"

"보셔서 알겠지만, 현재 시놉시스에는 범인이 결국 잡히지 않습니다."

"그거야 당연한 것 아닌가요? 한성 연쇄 살인 사건은 아직 현재까지도 진행형이니까요."

"저는 그 결말을 바꿀 생각입니다."

"네? 어떻게요?"

"작가적 상상력을 발휘해서 한성 연쇄 살인 사건의 범인이 검거되는 결말로 수정할 예정입니다."

송태경은 놀란 기색이 역력했다.

난 휴대 전화를 꺼내서 놀란 그녀에게 한 장의 사진을 보여 주었다.

증거물 목록에서 한성 연쇄 살인 사건의 피해자 중 한 명인 김옥순의 바지를 촬영한 사진.

"이게 뭔가요?"

"한성 연쇄 살인 사건 피해자 중 한 명이 당시 입었던 바지입니다. 그리고 이 바지에는 연쇄 살인범의 혈흔이 묻어 있습니다."

"팩트인가요? 아니면, 상상인가요?"

"팩트 같은 상상이라고 치죠."

내가 웃으며 대답한 후, 송태경에게 질문했다.

"자, 다시 질문하죠. 아까 말했듯이 피해자가 입고 있던 바지에 연쇄 살인범의 혈흔이 묻어 있습니다. 그럼 이 증거물을 어떻게 활용해야 연쇄 살인범을 잡을 수 있을까요?"

"음, 국과수에 감정을 맡겨야겠죠."

"물론 국과수에 감정을 맡겨야 합니다. 그렇지만 피해자의 바지에 묻어 있는 연쇄 살인범의 피는 극소량의 미세 혈흔입니다. 현재 국과수의 기술력으로는 바지에 묻은 미세 혈흔을 추출해서 DNA 분석을 할 수 없습니다. 그럼 어떻게 해결해야 할까요?"

송태경이 바로 대답하지 못하고 말문이 막혔다.

국과수의 현재 기술력과 분석력에 대한 전문적인 지식이 없기 때문일 터.

"…해결 방법이 없을 것 같은데요."

잠시 후, 송태경이 자신없는 목소리로 대답한 순간, 내가 고개를 흔들었다.

"해결 방법이 있습니다."

"어떤 방식이죠?"

"증거 분석 능력이 더 발전한 외국에 도움을 요청하는 것입니다."

"아!"

거기까지는 미처 생각지 못했던 송태경이 감탄성을 흘렸다.

"그렇게 하면 되겠네요."

"그럼 다시 질문드리죠. 왜 안 할까요?"

"네?"

"조금 전 보셨던 사진은 실제 증거물 목록을 촬영한 겁니다. 그런데 경찰은 왜 증거 분석 능력이 더 발전한 외국에 도움을 요청하지 않을까요?"

"그건……."

"방식의 문제입니다."

"방식의 문제라면……?"

"용의자 대충 때려잡아서 가혹하게 고문을 해서라도 자백을 받아 내는 방식에 익숙해졌다는 뜻입니다."

"그 말은… 경찰이 범인을 조작하는 데 집중하고 있다는 뜻인가요?"

"네, 저는 현재 경찰의 수사 방식이 마음에 들지 않습니다. 그래서 '끝까지 잡는다'에서는 다른 방식의 수사를 했으면 합니다."

"어떻게 말이죠?"

"현재 시놉시스에서는 주인공인 두 형사들의 성격과 스타일이 비슷합니다. 한마디로 무데뽀죠. 누가 더 무식하게 몰아붙여 범인을 빨리 잡느냐? 여기에만 혈안이 돼 있으니까요. 그래서 저는 두 형사 중 한 명의 성격과 스타일을 바꾸고 싶습니다. 무데뽀 형사가 아닌 엘리트 형사로 바꾸고 싶다는 뜻입니다. 그럼 어떻게 될까요? 이 형사는 미국에 이 바지를 보내서 미세 혈흔을 추출해서 DNA 분석에 성공합니다."

"그럼 범인을 잡을 수 있겠네요."

송태경이 반색하며 대답했지만, 난 고개를 흔들었다.

"그렇게 간단하지 않습니다."

"네? 왜 간단하지 않다는 거죠?"

"연쇄 살인범의 DNA 분석에 성공했다고 하더라도 진범과 대조할 비교 자료가 없으면 무소용이니까요."

2019년에 미제 사건으로 남아 있던 한성 연쇄 살인 사건의 진범인 변춘제를 검거할 수 있었던 원동력은 두 가지.

과학 수사 기법이 발달했고, 중범죄를 저지른 범죄자들의 DNA 정보를 등록해 관리하는 데이터베이스가 존재해서 대조가 가능했기 때문이었다.

그러나 지금은 이 두 가지가 모두 갖춰지지 않았다.

"그럼 결국 헛수고인 셈인가요?"

송태경이 분한 기색으로 언성을 높였다.

'분노한다?'

작가 이전에 송태경 역시 국민 중 한 사람.

한성 연쇄 살인 사건의 진범을 잡을 수 있는 기회를 놓칠 상황이 닥치자 본능적으로 안타까워하는 것이었다.

"헛수고는 아닙니다."

"하지만……."

"영화가 세상을 바꿀 수 있으니까요."

"……?"

"송태경 작가님과 마찬가지로 한성 연쇄 살인 사건의 진범을 누구보다 잡고 싶어 하는 대중들이 과학 수사 기법의 발전을 위해서 예산을 배정하길 바랄 겁니다. 또, DNA 분석이 가능하도록 중범죄자들의 DNA를 모아서 관리하는 데이터베이스의 도입도 앞당겨질 겁니다. 이 정도면… 한 편의 영화를 제작하는 의미로 충분하지 않을까요?"

내 말뜻을 이해한 송태경이 아쉬운 기색을 지우고 비장한 표정을 지었다.

"무슨 말씀인지 이해했습니다."

"잘 부탁드립니다."

"최선을 다하겠습니다."

"그럼 이제 계약서 쓸까요?"

사명감으로 무장한 송태경을 바라보며 내가 희미한 웃음을 머금었다.

'돈이 좋네.'

내가 직접 머리를 싸매고 앉아서 글을 쓰는 대신, 송태경이라는 실력이 뛰어난 작가를 활용하는 것.

결국 돈의 힘이었다.

'시간도 절약했네.'

내가 속으로 생각할 때, 송태경이 고개를 갸웃하며 물었다.

"그런데… 왜 직접 안 쓰세요?"

난 시나리오 수정 방향과 해법까지 거의 다 제시한 상황.

수정 방향과 해법을 알면서도 왜 직접 시나리오를 쓰지 않고 자신에게 각본 의뢰를 하느냐는 의미가 담긴 질문이었다.

'난 작가로서 재능이 꽝이거든요.'

진짜 이유를 밝히는 대신 내가 다른 이유를 입 밖으로 꺼냈다.

"개강해서 바쁘거든요."

*　　　*　　　*

"아, 오늘도 완전 열심히 했다."

채수빈이 문제를 다 풀고 기지개를 켰다.

그렇지만 난 그 사실도 알아채지 못하고 딴생각에 잠겨 있었다.

'어떤 대답을 할까?'

지난 생에 이루어지지 않았던 첫사랑.

하지만 이번 생에는 성민아의 대답 여하에 따라서 전혀 다른 결과가 나올 수도 있는 상황이었다.

'천천히 기다리자.'

성민아에게서는 아직 대답이 돌아오지 않았지만, 조급한 마음이 들지는 않았다.

첫사랑이었던 성민아와 꼭 이뤄져야 한다는 욕심이 없어서였다.

"선생님."

"……?"

"선생님, 제 말 안 들리세요?"

채수빈이 손가락으로 내 옆구리를 콕콕 찌르고 나서야 난 상념에서 깨어났다.

"응, 나 불렀어?"

"네, 몇 번씩이나요. 대체 무슨 생각을 하시길래 제가 불러도 모르세요?"

"응? 별거 아냐."

"별게 아닌 게 아닌 것 같은데."

"진짜……."

"선생님, 연애하죠?"

채수빈이 날 싸늘하게 바라보며 추궁한 순간 내 말문이 막혔다.

'여자의 직감이란.'

내가 속으로 혀를 내둘렀을 때, 채수빈이 다시 입을 뗐다.

"역시 여우 같은 태리 언니의 유혹에 넘어간 건가요?'"

"그런 거 아니거든."

"맹세할 수 있어요?"

"그래, 부모님을 걸고 맹세할 수 있다."

내가 당당하게 대꾸했다.

적어도 이태리의 유혹에 넘어간 일은 절대 없으니까.

"그런데 무슨 일 때문에 불렀어?"

내가 서둘러 화제를 돌리자, 채수빈이 대단한 비밀을 털어놓듯 입을 뗐다.

"실은… 성적표 나왔어요."

"수능 모의고사 성적표가 나왔다고?"

"네."

"결과는 어때?"

내가 잔뜩 기대한 채 질문하자, 채수빈의 낯빛이 어두워졌다.

"힘들 것 같아요."

그 대답을 들은 내 심장이 덜컥 내려앉았다.

월에 과외비를 천만 원씩이나 받고 있는 상황.

게다가 채동욱과 양미향의 앞에서 채수빈을 연신대에 진학
시키겠다고 큰소리를 펑펑 친 상황이었기 때문이었다.

그렇지만 난 표정 관리에 애썼다.

아직 채수빈은 고등학교 2학년인 만큼, 만회할 시간이 많았
다.

그런데 그녀를 계속 이끌어 줘야 할 내가 먼저 당황하거나
실망하는 모습을 보이면, 채수빈이 먼저 자포자기할 수도 있
다는 우려가 들어서였다.

"아직 포기하기는 일러. 이제 고2 첫 모의고사니까."

내가 일단 위로의 말을 건네며 조심스럽게 물었다.

"얼마나 못 본 거야?"

"제 입으로 말씀드리기는 민망하니까… 선생님이 직접 확인
해 보세요."

채수빈이 가방에서 성적표를 꺼내서 내밀었다.

'표정 관리 계속하자.'

내가 계속 표정 관리에 신경 쓰면서 성적표를 살폈다. 그리
고 성적표를 살피던 내가 두 눈을 크게 떴다.

"너… 너……."

내 말문이 막힌 순간, 채수빈이 한숨을 내쉬며 덧붙였다.

"한국대 가기는 힘들 것 같아요."

320점.

채수빈의 성적표에 적혀 있던 점수였다.

내가 시험을 봤던 1995년에는 수학 능력 시험 만점이 200점이었다. 그렇지만 1996년부터는 수학 능력 시험 만점이 400점으로 바뀌었다.

그런데 채수빈이 320점을 획득했으니, 200점 만점으로 환산하며 160점을 획득한 셈이었다.

'고1 마지막 수능 모의고사 점수가 105점이었어.'

그때보다 무려 55점이 상승한 셈.

내 기대보다 훨씬 점수 상승폭이 큰 셈이었다.

'이 정도면 인서울은 확실해졌다.'

채수빈은 성적이 크게 상승했음에도 만족한 기색이 아니었다.

새로운 목표인 한국대에 진학하기에는 한참 부족한 성적이기 때문이었다.

하지만 난 만족했다. 그리고 만족한 것은 양미향도 마찬가지였다.

"으흐흐흑."

양미향은 채수빈의 성적표를 확인한 후 오열했다.

"아이고, 선생님, 감사합니다, 흑흑."

내 양손을 덥석 움켜잡고 연신 감사 인사를 건네며 폭풍 오열 하는 양미향에게 채동욱은 못마땅한 시선을 던졌다.

"밥상머리에서 왜 울고 난리야?

"이런 날이 올 줄은 몰랐으니까요."

"애 성적 조금 오른 게 뭐가 대수라고."

채동욱의 말이 끝나기 무섭게 양미향이 발끈했다.

"조금 오른 게 아니니까 대수죠. 수빈이가 이번에 반에서 몇 등 한지 알기나 해요?"

"나야 모르지. 몇 등인데?"

"4등요."

"방금 몇 등이라고 했어?"

"4등이라고 했어요."

"40등이 아니라… 4등을 했다고?"

채수빈이 모의고사에서 320점을 맞았다는 소식을 들었을 때는 무덤덤했던 채동욱이었는데.

그녀의 반 석차가 4등이란 이야기를 듣고는 반응이 달라졌다.

"그게… 사실이야?"

"내가 왜 거짓말을 하겠어요?"

"하지만……."

"이제 내가 왜 울었는지 이해가 가요?"

양미향이 채수빈의 반 석차가 4등이란 사실을 확인해 주었지만, 채동욱은 쉬이 믿지 못하고 내게 질문했다.

"서 선생, 수빈이가 반에서 4등을 했다는 것이 사실인가?"

"네, 반 석차가 4등이 맞습니다. 현재 수빈이의 성적이라면 서경대에서 커트라인이 하위권인 학과에는 진학이 가능합니다."

내가 대학명을 언급하며 설명해 주자, 채동욱은 비로소 실감이 나는 표정이었다.

"어떻게 이런 놀라운 일이 생긴 건가?"

"그동안 수빈이가 열심히 공부한 덕분입니다."

"그러니까 서 선생 말은 우리 수빈이가… 서경대에 진학할 수 있다?"

"아니요."

"하지만 좀 전에……."

"수빈이는 한국대에 진학할 겁니다."

내 대답을 들은 채동욱이 두 눈을 부릅떴다.

"방금 한국대라고 했나?"

"네. 제 후배가 되고 싶다고 수빈이가 목표를 한국대로 수정했습니다. 지금처럼 열심히 해 준다면 한국대 진학도 충분히 가능할 겁니다."

내가 확신에 찬 목소리로 덧붙이자, 채동욱의 언성이 높아졌다.

"이런 기적이 벌어질 줄이야."

'밸류에셋'의 대표인 채동욱은 냉철하기로 소문난 투자 전문가.

그렇지만 그도 한 명의 부모였다.

하나뿐인 자식인 채수빈의 성취에 기쁨을 감추지 못하고 양미양과 격한 포옹을 했다.

"으흐흐흑, 당신 품에 안기는 게 얼마만인지 모르겠어."

그 뜨거운 포옹으로 인해 양미향은 또 한 번 폭풍 오열 했다. 그리고 어느 정도 분위기가 진정된 것은 음식이 다 식고 난 후였다.

"아줌마, 찌개 빨리 다시 데워요. 식은 음식들도 다시 데우고."

양미향이 분주하게 지시하는 가운데, 채동욱은 술병을 들었다.

"서 선생, 한 잔 받아."

"네."

연갈색 위스키를 따르며 채동욱이 내게 새삼스러운 시선을 던졌다.

"서 선생은 계속 날 놀라게 하는 재주가 있군."

"아까도 말씀드렸듯이 이번 결과는 수빈이가 열심히 공부를 한 덕분입니다."

"물론 수빈이도 열심히 했지만, 서 선생의 공이 크다는 건 부인할 수 없지."

채동욱이 위스키를 한 모금 비우고 덧붙였다.

"70%였네."

"무슨 뜻입니까?"

"일전에 서 선생이 내게 마쯔비시 상사에 투자할 것을 권했었던 것, 기억하나? 서 선생의 말을 믿고 마쯔비시 상사에 투자를 했고, 수익률이 무려 70%에 육박한다는 뜻이네."

'능력 있네.'

채동욱의 이야기를 들은 내가 표정을 굳혔다.

'밸류에셋'이 70%의 투자 수익을 얻었다는 것.

마쯔비시 상사의 성장세가 무척 가파르다는 증거였다. 그리고 난 마쯔비시 상사를 이끌고 있는 이토 겐지가 회귀자임을 알고 있다.

그것도 일반 회귀자가 아닌 변종 회귀자로 추정되는 인물.

그래서 나는 이토 겐지를 무척 경계하고 있는 상황인데 그런 그의 능력이 출중하단 사실을 알고 긴장한 것이었다.

하지만 이런 사정을 전혀 모르는 채동욱은 기꺼운 기색이 역력했다.

"그동안 투자 손실을 꽤 봤는데 마쯔비시 상사에 투자해서 큰 수익을 낸 덕분에 체면치레를 했지. 다 서 선생의 혜안 덕분일세."

'그래도 채동욱과의 신뢰가 쌓인 것은 불행 중 다행

이네.'

날 바라보는 채동욱의 시선이 더 호의적으로 변한 것을 확인한 내가 속으로 생각했을 때였다.

"참, 마쯔비시 상사의 대표인 이토 겐지가 곧 한국을 방문하네."

채동욱이 이토 겐지의 한국 방문 소식을 전해 주었다.

'왜 한국을 방문하는 거지?'

내가 의문을 품었을 때, 채동욱이 덧붙였다.

"한국 시장 진출을 염두고 두고 미리 시장 조사를 하기 위해서 방문하려는 것 같아."

"대표님은 이토 겐지의 한국 방문 사실을 어떻게 아셨습니까?"

"마쯔비시 상사 측에서 우리 측에 미팅 요청을 했었네. '밸류에셋'이 마쯔비시 상사에 거액의 투자를 한 것이 인상적이었던 것 같아."

'이토 겐지가… 한국을 방문한다?'

내가 두 눈을 빛냈다.

가뜩이나 이토 겐지라는 인물에 대해서 궁금했던 참이었다.

만약 그가 한국을 방문하지 않았다면, 내가 그를 만나기 위해서 일본으로 건너갈 계획까지 세웠던 상황.

그런데 굳이 일본까지 찾아갈 필요가 없어진 셈이었다.

'진짜 변종 회귀자인가 여부를 확인해 봐야지.'

내가 결심을 굳히고 입을 뗐다.

"대표님, 부탁이 하나 있습니다."

"무슨 부탁인가? 서 선생 부탁이라면 무조건 들어줘야지."

"마쯔비시 상사의 이토 겐지 대표를 만날 때, 저도 동행하고 싶습니다."

"서 선생이 이토 겐지 대표를 만날 때 함께 만나고 싶다?"

"네. 가능하겠습니까?"

채동욱이 대답했다.

"어려울 것도 없지."

*   *   *

청평 외곽에 위치한 일식집.

남기홍이 초조한 표정으로 기다리고 있을 때, 특실 문이 열리고 청평 지청장 배민수가 들어왔다.

"배 청장, 오시느라 고생했소."

남기홍이 자리에서 일어나며 반겼지만, 배민수의 굳은 표정은 풀리지 않았다.

"일단 한잔하면서 이야기합시다."

남기홍이 재빨리 술이 담긴 술 주전자를 들어 올리며 제안
했다. 그러나 배민수는 잔을 들지 않았다.

손을 뻗어서 잡은 잔을 거꾸로 뒤집었다.

"술은 됐습니다."

"그러지 말고……."

"용건만 말씀하십시오."

평소와 달리 배민수의 목소리는 딱딱했다.

그 사실을 알아챈 남기홍이 술 주전자를 다시 내려놓으며
입을 열었다.

"내 자식 놈 일이 어떻게 돌아가는가 알아보기 위해서 만나
자고 했소."

"상황이 좋지 않습니다."

잠시 후, 배민수가 꺼낸 대답을 들은 남기홍이 물컵을 들어
목을 축였다.

"쌍방 폭행으로 알고 있는데……."

"그건 회장님이 바라는 그림이었죠. 하지만 사건의 진실은
달랐습니다."

"……?"

"성폭행 미수와 특수 폭행, 이게 사건의 진실입니다."

배민수가 단호한 목소리로 꺼낸 대답을 들은 남기홍이 미
간을 찌푸렸다.

"진실을 감추는 것이 내가 원하는 것이오. 그래서 배 청장

을 만나는 것이고."

남기홍이 지금껏 경험한 청평지청장 배민수는 대화가 통하는 상대였다. 그래서 이번에도 배민수가 자신의 뜻대로 사건을 처리해 주길 바라고 만났다.

"참, 선물을 준비했는데 깜박했구려."

남기홍이 품속에서 고급 외제 차의 차 키를 꺼내서 탁자 위에 올려놓았다.

"배 청장 딸이 이번에 대학에 입학했다는 소식을 듣고 준비한 선물이오."

이 정도 선물이라면 충분히 성의를 표했다고 남기홍은 판단했다.

하지만 배민수에게서 돌아온 반응은 그의 기대와 달랐다.

"됐습니다."

스윽.

배민수는 차 키를 받아 챙기는 대신 도로 밀었다.

"선물이 마음에 안 드는 것이오? 아니면, 따로 원하는 것이 있는 것이오?"

남기홍이 은근한 목소리로 물었지만, 배민수는 한숨을 내쉬며 고개를 절레절레 흔들었다.

"남 회장님, 아직 상황 파악이 전혀 안 되시나 보네요."

"무슨 소리요?"

"이번에는 상대를 잘못 건드렸습니다."

남기홍의 미간에 주름이 잡혔다.

아들인 남우철이 건드렸던 여학생인 송지희에 대해서는 이미 조사를 한 후였다.

특별할 것 없는 중산층 가정의 자제.

그런데 배민수의 의견은 달랐다.

"피해자를 말하는 것이 아닙니다. 피해자의 일행이었던 서진우라는 한국대 법학과 학생이 문제입니다. 서진우가 서부지검 이청솔 차장 검사를 움직였으니까요."

"둘이 무슨 사이길래……?"

"거기까진 저도 모릅니다. 하지만 중요한 건 서울 서부 지검 이청솔 차장 검사가 직접 이 사건을 챙기고 있다는 점입니다. 그래서 저는 원칙대로 수사할 수밖에 없습니다."

원리 원칙을 고수하는 배민수로 인해 남기홍은 초조해졌다.

"배 청장, 내게서 받은 게 꽤 많다는 것을 잊지 않았지? 내가 그걸 줄 때 아무 증거도 남기지 않았을까?"

초조해진 남기홍이 선택한 것은 협박.

그렇지만 배민수는 협박에도 전혀 당황하지 않았다.

"명청건설이 저지른 비리가 어디 한둘입니까? 제가 그동안 비리는 덮어 드렸지만, 비리를 저질렀다는 증거들은 차곡차곡 모아 뒀습니다. 그 증거들을 터뜨리면 명청건설이 과연 무사할 수 있을까요?"

이에는 이, 눈에는 눈.

배민수는 협박에 협박으로 대응했다.

그리고 남기홍은 담담할 수 없었다.

너 죽고 나 죽자는 식으로 배민수가 작정하고 달려들면 명청건설이 위태로워질 것이 불 보듯 뻔했기 때문이었다.

'내가 손해야.'

서로 물고 뜯는 개싸움이 벌어진 경우, 배민수는 기껏해야 검사복을 벗는 것이 전부였다.

변호사로 제2의 인생을 시작해서 잘 먹고 잘 살 터.

반면 명청건설은 재기 불능의 치명상을 입을 것이 자명했다.

또, 자신 역시 검찰의 수사망을 피하지 못하고 구속될 가능성이 높았고.

거기까지 계산을 마친 남기홍이 진퇴양난의 상황에 빠졌을 때였다.

"남 회장님."

배민수가 은근한 목소리로 불렀다.

"말해 보게."

"제가 그간의 정을 생각해서 충고 하나 드리겠습니다."

"경청하도록 하지."

"검찰 측에서는 편의를 봐 드릴 수 없습니다. 그러니 법원에서 형량을 줄이는 데 포커스를 맞추도록 하십시오. 일단은 피해자와 합의부터 하세요. 합의 과정에서 돈을 아끼면 안 됩니다. 돈이 얼마가 들든 간에 무조건 피해자와 합의를 해야 합니다. 그다음에는 전관예우를 받을 수 있는 변호사를 선임하세요. 그럼 자제 분이 형을 사는 건 피할 수 없겠지만, 집행유예로 나올 수 있을 겁니다."

'이게 최선.'

남기홍도 눈치가 있었다.

지금 배민수가 알려 준 방법이 최선이라는 사실을 알아챈 남기홍이 고개를 끄덕였다.

'그래. 호적에 빨간 줄 하나 그인다고 해서 회사 물려받아서 운영하는 것에 큰 흠이 되는 것은 아니니까.'

아들의 비싼 수업료를 치른 셈 치고 합의금을 두둑이 준비하기로 결심한 남기홍이 술잔을 들어 올렸다.

*   *   *

구치소 면회실.

남우철이 면회를 온 진상기의 앞에 털썩 앉았다.

"지낼 만하냐?"

"밥맛 엿 같다. 기분도 아주 엿 같고."

남우철이 오만상을 쓴 채 대답했다.

당연히 쌍방 폭행으로 사건이 처리되고, 아버지가 자신을 빼내 줄 거라고 예상했다.

그런데 회사 고문 변호사 황동량을 통해 아버지가 전한 말은 남우철의 예상과는 달랐다.

"피해자와 합의를 진행 중입니다. 그리고 전관예우를 받을 수 있는 변호사를 선임했으니 집행유예로 나올 수 있을 겁니다."

황동량의 말인즉슨, 재판이 끝날 때까지는 꼼짝없이 구치소에 갇혀 있어야 한다는 뜻이었다.

그 사실을 알아챈 남우철은 분노했다.

이 갑갑한 구치소에 더 갇혀 있어야 한다는 것이 죽을 만큼 싫어서였다.

하지만 황동량은 현재로서는 다른 방법이 없다고 말했다.

"개새끼, 죽여 버리겠어."

그 분노를 담아 남우철이 뇌까리자, 진상기가 물었다.

"누구?"

"있어. 병훈이 병신 만든 새끼."

진상기는 대학교 친구가 아니었다.

유도 선수로 활동하던 고등학교 시절에 만났던 친구였다.

그렇지만 진상기도 박병훈에 대해서 알고 있었다.

자주 술을 마시며 어울렸던 덕분이었다.

"그 자식 팔 병신 됐다는 이야기는 들었다."

박병훈은 서진우라는 개자식이 휘두른 나무 막대기에 얻어 맞아 팔꿈치 쪽 뼈가 박살 났다.

일상생활을 하는 데는 지장이 없었지만, 운동선수로서 생명은 끝난 것이나 마찬가지인 심각한 골절상.

"이대로는 도저히 분이 안 풀려서 못 참겠다."

남우철이 말하자, 진상기가 말뜻을 알아채고 의자에서 등을 떼며 물었다.

"개새끼를 죽여야 분이 풀린다?"

"그래, 할 수 있지?"

"비리비리한 애새끼 하나 다구리 터는 거야 식은 죽 먹기지."

진상기가 지체 없이 대답한 순간, 남우철이 고개를 흔들었다.

"쉽게 보지 마. 보통내기가 아니었으니까."

남우철과 박병훈은 모두 유도 선수 출신이었다.

비록 방심한 면이 없지 않아 있었지만, 그래도 서진우에게 거의 일방적으로 당했다는 것은 팩트.

그래서 남우철이 경고했지만, 진상기는 여전히 자신 있는 목소리로 대꾸했다.

"우리가 누군지 잊었냐? 현역에서 뛰고 있는 후배들도 잔뜩 데리고 갈 테니까 염려 붙들어 매고 기다려라."

*   *   *

할튼 호텔 스위트룸.

한국을 방문한 이토 겐지가 소파에 등을 묻은 채 지끈거리는 관자놀이를 손으로 꾹꾹 눌렀다.

"기억이… 명확하지 않아."

이토 겐지가 이른 나이에 마쯔비시 상사를 설립하고 빠르게 부를 축적할 수 있었던 요인.

회귀자였기 때문이었다.

향후 미래가 어떻게 흘러가는가를 알고 있었던 이토 겐지는 미래 지식을 활용해서 회귀 후 성공가도를 달렸다.

그런데 거칠 것 없었던 두 번째 삶에 제동이 걸린 것은 페널티 때문이었다.

─당신은 세계의 균형을 위협할 수 있는 심각한 간섭 행위를 했습니다. 그로 인해 페널티가 주어집니다.

이토 겐지의 눈앞에 떠올랐던 메시지.

처음에는 코웃음을 쳤다.

어떤 페널티가 주어진다고 하더라도 회귀자인 자신이 충분히 극복해 낼 수 있다는 자신감이 있어서였다.

하지만 페널티의 정체는 이토 겐지의 예상 범위를 훌쩍 벗어났다.

"기억 상실."

회귀자답게 이토 겐지는 자신이 이전 생에 경험했던 미래에 대한 지식을 고스란히 기억하고 있었다.

그런데 어느 순간부터인가 선명하던 기억이 흐려졌다.

다행히 모든 기억이 사라진 것은 아니었다.

특정 시기에 대한 기억만 없었다.

"대략… 일 년 정도인가?"

세계의 균형을 위협하는 간섭 행위로 인해 페널티가 주어진다는 경고 메시지 이후, 기억이 점점 흐릿해지며 사라져 버린 기간은 대략 앞으로의 일 년이었다.

이토 겐지가 아무리 노력해 봐도 사라진 기억은 떠오르지 않았다.

"꼭… 눈을 가리고 링에 오르는 느낌이군."

이토 겐지는 자신이 유일한 회귀자가 아니란 사실을 알고 있었다.

회귀자의 고백을 듣고 회귀 했기 때문이었다.

즉, 자신과 같은 회귀자들이 세상 곳곳에 있을 테였고, 이토 겐지의 입장에서 그 회귀자들은 위협적인 경쟁자들이었다.

그런데 앞으로 계속 그 경쟁자들과 맞서 싸워야 하는 입장에서 페널티를 받으면서 향후 일 년간의 기억이 통째로 사라져 버린 것은 엄청난 타격이었다.

똑똑.

그때, 노크 소리가 들렸다.

스위트룸으로 들어온 엔도 코타로는 걱정스러운 기색을 감추지 못했다.

"대표님, 많이 편찮으시면 일정을 뒤로 미루는 편이 어떨까요?"

그런 그가 조심스럽게 제안했지만, 이토 겐지는 고개를 흔들었다.

한국에서 꼭 확인해야 할 것이 있어서였다.

"일정은 예정대로 진행합니다."

오늘 일정은 한국의 투자 회사인 '밸류에셋'의 대표인 채동욱을 만나는 것.

'그는 회귀자일까?'

이토 겐지가 호기심을 느끼며 관자놀이를 누르는 손에 힘을 더했다.

*　　　*　　　*

"또… 본의 아니게 수업에 빠지게 됐네."

내가 짤막한 한숨을 내쉬었다.

한국대학교 법학과에 입학했지만, 학구열은 전혀 타오르지 않았다.

고등학생 때는 한국대 법학과에 진학하겠다는, 또 수능 만점을 획득하겠다는 뚜렷한 목표가 있었지만, 대학생이 된 후에는 그런 목표가 없어서였다.

그래도 가능하면 수업은 빠지지 않으려 했는데, 그게 마음처럼 쉽지 않았다.

벌여 놓은 일이 많아서였다.

그리고 오늘도 마찬가지였다.

마쯔비시 상사 대표인 이토 겐지는 한국을 방문했고, 난 채동욱에게 이토 겐지를 만날 때 동행하게 해 달라고 부탁했었다.

오늘이 두 사람이 만나는 날이기에 난 부득이하게 수업에 빠질 수밖에 없었다.

"이게 훨씬 더 중요하니까."

변명하듯 혼잣말을 중얼거린 난 각그랜저에 올라타고 '밸류에셋' 본사로 찾아갔다.

"서 선생, 늦지 않게 도착했군."

채동욱이 날 반갑게 맞아 준 후, 간략하게 계획을 설명해 주었다.

"이토 겐지 대표에게는 서 선생을 우리 회사 직원으로 소개할 거야. 그럼 부득이하게 호칭도 바꿔야겠군. 직함으로 불러야 할 것 같은데… 서 대리라고 부르도록 하지."

"알겠습니다."

"서 대리, 서 대리라. 입에 착 달라붙는 느낌이로군. 이 참에 진짜 서 대리로 일해 보는 건 어떤가?"

채동욱은 날 '밸류에셋'의 직원으로 영입하겠다는 욕심을 아직 완전히 버리지 못한 듯 보였다.

"서 대리라는 호칭이 별로 마음에 들지 않으면 서 과장은 어떤가? 입사하자마자 과장으로 시작하는 것, '밸류에셋' 역사상 처음일 텐데."

"저는 지금처럼 서 선생이라는 호칭이 좋습니다."

내가 완곡하게 제안을 거절했을 때였다.

"대표님, 이토 겐지 대표 일행이 도착했습니다."

비서가 들어와 이토 겐지 일행이 도착했음을 알렸다.

"서 대리, 도착했나 보군."

채동욱이 웃으며 내게 말했다.

그렇지만 난 마주 웃을 수 없었다.

이토 겐지와의 첫 만남을 앞두고 무척 긴장하고 있었기 때문이었다.

잠시 후, 대표실의 문이 열리고 이토 겐지 일행이 들어왔다.

일행의 수는 총 다섯.

그렇지만 난 금세 누가 이토 겐지임을 알아챌 수 있었다.

한 사내의 머리 위에 하얀색 고리가 둥실 떠올라 있었기 때문이었다.

'역시… 회귀자였어.'

내 예상대로 이토 겐지는 회귀자가 맞았다.

그렇지만 아직 끝이 아니었다.

그가 일반 회귀자이냐? 변종 회귀자이냐 여부를 알아내야 하는 숙제가 아직 남아 있었기 때문이었다.

그때였다.

─회귀자 감별 능력이 발동했습니다.

내 눈앞에 회귀자를 감별했다는 메시지가 떠올랐다.

─회귀자를 발견했습니다.

메시지는 이토 겐지가 회귀자란 사실을 친절하게 알려 주었다.

그렇지만 난 여전히 만족하지 못했다.

일반 회귀자인지, 변종 회귀자인지 여부는 메시지에 떠오르지 않았기 때문이었다.

'어떻게 알아내지?'

내가 고민하고 있을 때, 채동욱이 이토 겐지와 인사를 나누기 시작했다.

"투자 회사 '밸류에셋' 대표인 채동욱입니다."

"마쯔비시 상사 대표 이토 겐지입니다."

'일본어도 잘하네.'

채동욱의 일본어 실력은 수준급이었다.

반면 나는 일본어에 문외한이었다.

그래서 채동욱과 이토 겐지 사이에 오가는 대화를 전혀 알아들을 수 없었다.

예기치 못한 상황에 내가 당황하고 있을 때였다.

"이 사람은… 누구입니까?"

이토 겐지가 정확하고 능숙한 한국말을 꺼냈다.

그런 이토 겐지의 시선은 내게 향해 있었다.

'한국어를… 꽤 잘한다?'

내가 놀랐을 때, 이토 겐지가 덧붙였다.

"아주 재밌는 분이군요."

"서진우 대리입니다. 우리 회사 직원이죠."

채동욱이 나에 대해서 소개했다.

"사실입니까?"

이토 겐지가 질문했다.

그렇지만 채동욱에게 던진 질문은 아니었다.

질문을 던지는 이토 겐지의 시선은 줄곧 내게 향해 있었다.

'네가 '밸류에셋' 소속이 아니라는 걸 알고 있다.'

마치 이렇게 말하는 것처럼 이토 겐지의 시선은 강렬했다.

"왜 사실이냐고 확인하는 것입니까?"

내가 묻자, 이토 겐지가 대답했다.

"누구 밑에서 일하기에는 너무 능력이 뛰어나신 분 같아서요."

그 대답을 들은 내가 물었다.

"저에 대해 아십니까?"

"물론… 모릅니다."

"그런데 왜 제 능력이 뛰어나다고 판단하신 겁니까?"

내 질문에 이토 겐지는 살짝 당황한 기색이었다.

"아주 젊은 분이 채동욱 대표의 신임을 얻어서 보좌하고 있길래 추측해 본 겁니다."

이토 겐지가 잠시 후 대답했지만, 난 속으로 코웃음을 쳤다.

'내가 회귀자라는 사실을 알아챈 거야.'

이토 겐지 역시 회귀자.

그의 선택은 누구 밑에서 일하는 것이 아니라 마쯔비시 상사라는 자기 회사를 세우는 것이었다.

무려 회귀씩이나 했는데 남의 밑에서 일하며 남 좋은 일만 시켜 줄 수는 없다는 판단을 내렸을 터.

그래서 내가 회귀자란 사실을 알아챈 후, 부지불식간에 이런 말을 꺼낸 것이리라.

이게 다가 아니었다.

난 이토 겐지가 대표실로 들어선 후, 그의 반응을 유심히 살폈다.

그는 채동욱이 아니라 내게 먼저 시선을 던졌고, 한동안 시선을 떼지 못했었다.

'본 거야.'

내 머리 위에 떠올라 있는 회귀자의 표식인 둥근 고리를 확인했기 때문이리라.

'이토 겐지는 변종 회귀자가 틀림없다.'

내가 결론을 내렸다.

회귀자 감별 능력을 갖고 있는 것, 그래서 회귀자를 알아볼 수 있는 것.

오직 변종 회귀자만이 갖고 있는 능력이었기 때문이었다.

이제 숙제는 마친 상황.

내가 긴장의 끈을 풀지 않은 채 속으로 생각했다.

'이제 남은 건… 내가 변종 회귀자란 사실을 들키지 않는 것이다.'

'밸류에셋' 대표실에서 시작된 만남은 자연스레 식사 자리로 이어졌다.

난 이미 원하는 것을 얻은 상황.

그래서 식사 자리에는 참석하지 않을 계획이었지만, 이토 겐지는 내가 식사 자리에 동석하길 원했다.

'내게 흥미를 느낀 거야.'

이토 겐지는 내가 회귀자임을 알아채고 흥미를 느꼈기 때문에 이런 제안을 한 것이었다.

'그래. 좀 더 알아보자.'

변종회귀자라는 것 외에 내가 이토 겐지에 대해서 알고 있는 정보는 거의 전무하다시피 했다.

'지피지기면 백전불태인 법이니까.'

나에 대해서는 가능한 숨기고 이토 겐지에 대한 정보를 최대한 얻어 내겠다는 목표를 세운 난 도중에 계획을 바꾸어 식사 자리에 동참했다.

* * *

특급 호텔 중식당.

음식은 아주 훌륭했지만, 아쉽게도 맛은 제대로 느낄 수 없었다.

날 주시하고 있는 이토 겐지의 시선에 계속 신경이 쓰여서였다.

"서진우 씨는 올해 나이가 어떻게 됩니까?"

"서른입니다."

채동욱이 날 '밸류에셋'의 직원으로 소개한 상황.

그래서 내가 대리 직함에 어울리는 나이인 서른이라고 거짓 대답을 꺼내자, 이토 겐지가 다시 질문했다.

"서진우 씨는 내년의 한국 경제를 어떻게 예측하십니까?"

'다 알면서 왜 묻고 지랄이야?'

나와 마찬가지로 회귀자인 이토 겐지가 내년에 대한민국 정부가 IMF에 구제 금융 신청을 한다는 사실을 모를 리 없었다.

그럼에도 불구하고 시치미를 뚝 뗀 채 이런 질문을 던지는 것.

꼭 떠보는 것처럼 느껴져서 무척 불쾌했지만, 난 꾹 참고 대답했다.

"저야 모르죠."

"왜 서진우 씨가 모릅니까? 경기의 흐름을 분석하고 예측하는 것이 서진우 씨가 하는 일이 아닙니까?"

"대충 짐작은 하고 있습니다. 하지만 내가 그걸 당신에게 알려 줄 의무가 있습니까?"

"물론 그럴 의무는 없습니다. 그렇지만 마쯔비시 상사는 한국 시장 진출을 노리고 있습니다. 그래서 향후 한국 경제 전망에 대해서 알고 싶은 겁니다."

'딱 네가 좋아하는 상황으로 흘러간다.'

내가 속으로 대답했다.

IMF 구제 금융 신청 이후 한국의 알짜 기업들은 도산 위기에 몰리고, 외국 자본은 헐값에 한국의 알짜 기업들을 매입했다가 되팔아서 큰 수익을 올리게 된다.

그러니 마쯔비시 상사의 한국 시장 진출 타이밍은 기가 막힌 셈이었다.

'아닌가? 이토 겐지가 그 사실을 알기 때문에 마쯔비시 상사가 일부러 이 시점에 한국 시장에 진출하는 건가?'

거기까지 생각이 미친 순간, 내 생각이 바뀌었다.

"좀 더 구체적으로 말씀해 주시죠. 어느 부문이 가장 궁금한 겁니까?"

계속 대답을 피할 수만은 없는 상황.

그래서 내가 역으로 제안하자, 이토 겐지가 대답했다.

"문화 사업 분야입니다."

'역시… 조보안을 선점하려 한 데는 이유가 있었어.'

이토 겐지가 한국의 문화 사업 분야에 관심이 있다는 사실을 알게 된 내가 두 눈을 빛내며 대답했다.

"한국의 문화 사업은 앞으로 더 융성해질 겁니다. 한국을 넘어 아시아권, 더 나아가는 세계 시장에 진출할 테니까요."

회귀자라면 누구나 알 만한 지식을 알려 준 탓일까.

이토 겐지는 놀란 기색도, 만족한 기색도 아니었다.

"그렇군요."

천천히 고개를 끄덕이고 있는 이토 겐지가 얄밉게 느껴져서 내가 다시 입을 뗐다.

"그게 다입니까?"

"네?"

"한국의 문화 사업 분야에 관심을 가지는 이유가 뭡니까?"

"그냥입니다."

"그냥… 요?"

"딱히 특별한 이유나 계획은 없습니다. 그냥 궁금했습니다."

'이 새끼가… 또 거짓말을 하네.'

이토 겐지는 장차 '아시아의 별'이 될 조보안을 선점하려는 시도를 했던 상황.

그리고 난 조보안과 히트 뮤직이 맺었던 전속 계약을 해지시키느라 무척 애를 먹었었다.

그런데 또 자신과는 아무 상관도 없는 일인 것처럼 시치미를 떼고 있는 모습이 날 열받게 만드는 것이었다.

그때였다.

"혹시 CM엔터테인먼트에 대해서 아십니까?"

이토 겐지가 다시 질문했다.

"물론 알고 있습니다."

"CM엔터테인먼트를 주목하세요. 머잖아 걸출한 여자 가수를 배출할 테니까요."

마치 선심이라도 쓰듯 이토 겐지가 고급 정보를 알려 주었다.

그 순간, 난 고개를 갸웃했다.

'이건 또 무슨 개수작이지?'

이토 겐지가 선심 쓰듯 고급 정보를 슬쩍 흘린 것으로 인해 의심을 품은 것이 아니었다.

그가 흘린 정보가 틀렸기 때문에 의심을 품은 것이었다.

'히트 뮤직 송준섭 대표를 이용해서 조보안을 선점하려 했던 것이 바로 이토 겐지야. 그러니 조보안을 선점하려던 계획이 무산된 것도 모를 리 없을 텐데… 대체 왜 이런 이야기를 꺼내는 거지? 혹시 날 떠보는 건가?'

그로 인해 내 머릿속이 복잡하게 헝클어졌을 때였다.

"채 대표님, CM엔터테인먼트에 투자하시는 것이 좋을 겁니다."

이토 겐지는 채동욱에게도 CM엔터테인먼트에 투자할 것을 권유했다.

"대표님, 저라면 CM엔터테인먼트에 투자하지 않을 겁니다."

나도 채동욱에게 조언했다.

나와 이토 겐지의 의견이 엇갈리자, 채동욱이 흥미를 드러내며 내게 물었다.

"이유는 무엇인가?"

"이토 겐지 대표의 주장에는 실체도 근거도 없으니까요."

내가 이토 겐지를 뚫어져라 노려보며 덧붙였다.

"당신이 조금 전에 언급한 걸출한 여가수는 CM엔터테인먼트에서 데뷔하지 않을 겁니다."

『회귀자와 함께 살아가는 법』 4권에 계속…